Xenia Lwowa
Wald in der Steppe

November 2014

Xenia Lwowa
Wald in der Steppe

Russischer Originaltitel: НА ЛЕСНОЙ ПОЛОСЕ
Deutsch von A. Böltz

Verlag Neuer Weg
in der Mediengruppe Neuer Weg GmbH
Alte Bottroper Straße 42, 45356 Essen
Telefon +49-(0)-201-25915
Fax +49-(0)-201-6144462
verlag@neuerweg.de
www.neuerweg.de

Gesamtherstellung:
Mediengruppe Neuer Weg GmbH

ISBN: 978-3-88021-407-1

gedruckt auf 100 Prozent Recycling-Papier,
ausgezeichnet mit dem Blauen Umweltengel

Reproduktion der Ausgabe von 1951

Xenia Lwowa

Wald in der Steppe

Verlag Neuer Weg

Vorwort

63 Jahre nach dem Ersterscheinen des Romans „Wald in der Steppe“ legt ihn der Verlag Neuer Weg erneut in Deutschland vor.

Die Helden des Romans sind begeisterungsfähige Jugendliche des Jugendverbands Komsomol, repräsentiert durch die Titelheldin Nastja. Protagonisten des Zukunftsprojektes sind Jugendliche, Bauern, Arbeiter der Maschinen-Traktoren-Stationen (MTS). Sie stehen vorne dran im Kampf um die Umwandlung einer unfruchtbaren Steppe in eine grüne Landschaft mit Ackerbau und Waldstreifen. Das war Pionierarbeit, die heute vor dem Hintergrund fortschreitender Zerstörung der Lebensgrundlagen der Menschheit hochaktuell ist.

Der Roman spiegelt die Konflikte wider, die die sowjetische Bevölkerung gegen Konservatismus, Trott und Bürokratismus austragen musste, um auf der Basis der sozialistischen Gesellschaft eine höhere Einheit von Mensch und Natur zu erkämpfen. Der Verlag leistet mit dem Nachdruck einen Beitrag, diese kaum bekannte fortschrittliche Umweltpolitik aus der sozialistischen Sowjetunion wieder der Öffentlichkeit zugänglich zu machen.

Im Anhang dokumentieren wir einen Artikel des Diplom-Agraringenieurs Gerd Zitzner aus Essen. Er würdigt die damaligen Projekte der Schaffung von Ökosystemen unter dem Gesichtspunkt modernster Erkenntnisse der Agroforstwirtschaft. Es folgt ein Augenzeugenbericht des westdeutschen Journalisten und Russlandkenners, Paul Distelbarth, aus dem Jahr 1953.

Verlag Neuer Weg, November 2014

1

Nastjas Wangen brannten von dem scharfen Frostwind; sie barg das kalte Gesicht in dem warmen hohen Kragen des gesteppten Mantels und schob die frierenden Hände in den Ärmeln übereinander.

Der kleine Lastkraftwagen bahnte sich nur mühsam den Weg durch hochspritzende Pfützen. Er war mit Setzlingen verschiedener Bäume und Büsche beladen. Ein lockerer, federnder Haufen — so lagen sie da, die Wurzeln fürsorglich mit feuchten Bastmatten bedeckt.

An der Rückwand des Wagens hockte Jascha Lukjanow, der Sekretär des Komsomol-Komitees im Kolchos „Der helle Weg".

Nastja und Jascha hatten eben an einer Sitzung des Dorfsowjets teilgenommen und fuhren nun nach Hause. Ein paarmal wollte Jascha mit Nastja ein Gespräch über diese Sitzung beginnen; aber sie hatte mit einem so bösen Gesicht durch das Gittergeflecht der Setzlinge zu ihm hinübergesehen, daß er sich nicht dazu entschließen konnte.

Nun pfiff er das Lied vom „einsamen Harmonikaspieler" vor sich hin und blickte in die Steppe. Unter dem trüben regnerischen Himmel dehnte sie sich eintönig und öde, ohne einen einzigen Strauch. In den Senken schimmerte bleigraues Wasser, und die bläulichen Teppiche des blühenden Wermutkrauts vermochten nicht, diese Eintönigkeit zu unterbrechen. Stellenweise erstreckten sich dichte, vom Wind zerraufte Wintersaaten. In dem smaragdnen Grün standen noch Reihen von Sonnenblumen, die man im Herbst zum Schutz angebaut hatte. Jetzt sahen sie wie graue schiefe Stöcke aus. Schwarze Flächen Brachland und die nackten Gerten der Schutzstreifen zogen wechselnd vorüber.

Nastja hörte Jaschas Pfeifen und beneidete ihn um seine Fähigkeit, stets Ruhe zu bewahren. Sie konnte nicht immer so ruhig bleiben. Sie ärgerte sich darüber, daß sie diesen kleinen Lastwagen beinahe auf den Knien von der Baumschule hatte erbetteln müssen.

Anfangs hatte es der Kolchosvorsitzende Kusma Awdeitsch glatt abgelehnt, ein Transportmittel zur Verfügung zu stellen. Dabei wußte er recht gut, daß der Boden für den neuen Schutzwaldstreifen vorbereitet war und spätestens bis zum nächsten Morgen bepflanzt werden mußte, bevor die Feuchtigkeit verlorenging. Als man in der Sitzung darauf hingewiesen hatte, daß der Vorsitzende vom Kolchos „Der helle Weg" die Bedeutung der Waldanpflanzungen unterschätze, war Kusma Awdeitsch wütend geworden und hatte erklärt, der Kolchos habe sich mit dem Getreideproblem zu befassen und nicht Ruten zu pflanzen, die sich, wer weiß wann, einmal bewähren würden. Der Forstmeister der MTS[1], Pjotr Wassiljewitsch, hatte ihm scharf entgegnet: „Man darf Feld und Wald nicht voneinander trennen! Sie gehören zusammen; denn der Wald wird der Beschützer des Feldes sein!"

Nastja wußte jedoch gleich, daß all dies zu nichts führen

[1] Abkürzung für Maschinen-Traktoren-Station

würde. Noch war das Ende dieses Kampfes nicht abzusehen.

Es ist wirklich erstaunlich, dachte sie, wieviel Beweise man den Leuten erst bringen muß, ehe sie endlich begreifen! Sie haben wohl mehr als hundert Berichte gelesen, Vorträge gehört und Seminare besucht, und noch immer scheinen nicht alle begriffen zu haben. Bevor aber nicht a l l e verstehen, worum es geht, wird es der Wald schwer haben, in der Steppe zu wachsen. Wie wahr sind doch Pjotrs Worte: „Einen Wald in der Steppe großziehen heißt, Menschen erziehen, angefangen bei dem Vorsitzenden des Kolchos und sogar den verschiedenen Kreisfunktionären, bis zu den Hirten."

Jascha pfiff noch immer vor sich hin, und nun konnte sich Nastja nicht länger zurückhalten und sang leise mit:

„Vom Felde herüber weht nächtliche Kühle,
die Kronen der Bäume rauschen vereint —
Was hast du, gesteh doch, mit deinem Spiele,
du junger Harmonikaspieler, gemeint?"

„He! Nastja! Warum antwortest du nicht?" tönte die rauhe Stimme des Fahrers. „Welchen Weg wollen wir fahren?" Nastja zog ihre Hände aus den warmen Ärmeln und sah nach vorn. Hinter dichtem Weidengebüsch schimmerte der See; das Feld, das für den Schutzwaldstreifen vorbereitet worden war, lag aber jenseits des Sees. Nastja erklärte dem Fahrer, der kürzeste Weg führe am See entlang. Auf der Chaussee würde man einen Umweg von mehr als drei Kilometer machen müssen.

Der Fahrer bremste scharf und fuhr dann die Senke hinab.

Am See fischten zwei alte Männer mit zottigen Mützen. Am Landungssteg schaukelte ein Boot, und daneben, am Ufer, glitzerte ein ansehnlicher Berg Fische. Als die Alten den Wagen bemerkten, winkten sie mit den Armen und riefen etwas hinüber, aber niemand beachtete sie. Der Lastwagen fuhr weiter, an den Weiden entlang. Plötzlich fingen die Räder an, sich wie rasend auf der Stelle zu drehen, der Motor heulte auf und verstummte dann.

„Ah — ha! — Steckengeblieben!" ertönte eine Stimme vom Seeufer herüber. „Ihr hättet lieber auf uns Alte hören sollen! Wir haben euch doch zugerufen, daß hier alles sumpfig ist."

Der Fahrer stieß einen Fluch aus, öffnete den Wagenschlag und sah auf die Vorderräder. Jascha sprang vom Wagen in den Schlamm hinunter, untersuchte die eingesunkenen Räder und sagte leise zu Nastja, die ihm vom Wagen herab ängstlich zusah:

„Die stecken bis zur Nabe drin! Das gibt Arbeit bis spät in die Nacht. Ich schlage vor, wir schleppen die Setzlinge in den Kahn und fahren sie selbst hinüber. Die beiden Alten können dem Fahrer dann helfen; ich werde mich schon mit ihnen einigen."

Die alten Männer waren bereit, zu helfen, wenn auch nur unter der Bedingung, daß Jascha ihre Fische dem Wirtschaftsverwalter des Kolchos für die Gemeinschaftsverpflegung verkaufte. Jascha schleppte mit Nastja die Setzlinge zum Kahn. Dabei versanken sie öfter tief im Morast. Das Boot wurde so voll, daß bereits Wasser über den Bordrand sickerte.

„Halt dich fest! Wir fahren!" rief Jascha, und Nastja

legte sich über die dünnen Gerten und umfaßte sie mit verzweifelter Entschlossenheit, als wollte sie sagen: „Wenn sie untergehen sollen — dann nur mit mir."
Vorsichtig und geschickt steuerte Jascha das Boot mit einem abgebrochenen Ruder zum anderen Ufer hinüber. Er war nicht im geringsten mißgestimmt darüber, daß plötzlich unvorhergesehene Schwierigkeiten aufgetaucht waren. Sein Gesicht war gerötet, und unter dem blondgelockten Schopf blickte er ruhig und vergnügt drein, ja, er pfiff sogar wieder den „Einsamen Harmonikaspieler", während sie die Setzlinge vom Boot zu dem umgepflügten Feldstreifen trugen.
Als endlich alles drüben war, begann es bereits zu dämmern.
„Aber anhäufeln müssen wir sie unbedingt noch, lieber Jascha, sonst vertrocknen sie bis morgen!" warf Nastja schüchtern ein.
Jascha schob sich die Mütze aus der schweißnassen Stirn und sagte, als sei es die selbstverständlichste Sache der Welt: „Dann muß ich eben die Gruppe holen!" Und schon trabte er über den Hang auf die Bauernhäuser zu, deren erleuchtete Fenster herüberblinkten.
Der Kuckuck soll diesen Holzklotz, den Kusma Awdeitsch holen, dachte Nastja zornig und wischte sich den Schmutz von den durchnäßten Stiefeln. Wenn er uns sofort einen Wagen gegeben hätte, wäre alles noch bei Tageslicht geschafft worden. Nun können wir uns abquälen.
Stimmen klangen auf. Jemand lief den Hang hinunter. Es war aber schon zu dunkel, um noch etwas zu erkennen. Zwei ältere Frauen aus Nastjas Gruppe, Katerina

und Feodossja, eilten herbei. Mit ihnen kam die Jugend. Dann klirrten Spaten und klapperten Eimer. Nastja wurde wieder leicht ums Herz, und froh dachte sie: Wie einig sich alle sind! Wie schnell sie handeln können!

Einige Mädchen liefen nach Wasser, und unter Nastjas Aufsicht wurden die Setzlinge dünn geschichtet, damit sie nicht faulten. In flachen Gräben lagen sie nun, die Wurzeln sorgfältig mit Erde bedeckt und angegossen.

Als Nastja endlich heimging, war es so spät geworden, daß im Dorf hinter keinem einzigen Fenster mehr Licht brannte. Auch Nastjas Häuschen war finster; die Mutter hatte es sicher aufgegeben, noch länger zu warten. Vielleicht schlief sie schon.

Nastja blieb einen Augenblick an der Gartenpforte stehen. Sie bedauerte es immer, wenn ein Tag zur Neige ging. Sie betrachtete ihre Hände, die von der Erde beschmutzt waren und zupfte sich dann vorsichtig das Kopftuch zurecht. Ihr Atem ging ruhig und tief, die Müdigkeit war fort, und die Glieder waren nicht mehr so schwer. Sie hätte jetzt gern mit irgendeinem Menschen gesprochen — von etwas Großem, Beschwingtem, Freudigem. Aber mit wem? Sie wußte es nicht.

Der Himmel wurde allmählich heller, und einige Sterne schimmerten schon durch die grauen Wolkenfetzen. Ein kühler Vorfrühlingswind wehte von den Feldern herüber. Ganz leise hörte man vom fernen Ende des Dorfes Harmonikaspiel. Das konnte nur die Jugend der Ackerbaubrigade sein. Nastjas Gruppe würde sicher bald schlafen; sie mußte schon früh im Morgengrauen aufstehen, um mit dem Anpflanzen zu beginnen.

Eben wollte Nastja die Gartenpforte öffnen, da erschien an der Straßenbiegung eine zierliche Frauengestalt. Nastja erkannte sie sofort.
„Ich war eben bei Kusma Awdeitsch", sagte die Mutter außer Atem und mit schuldbewußter Stimme. „Draußen wurde es schon Nacht — und du kamst und kamst nicht! Ich dachte, du könntest vielleicht vom Kreis aus angerufen haben. Du hattest mir doch versprochen, bis Mittag zurück zu sein!"
„Aber Mutter, du kommst auch nie aus deinen Ängsten heraus!" Im Nu war die weiche träumerische Stimmung verflogen. Nastja sagte das wieder in dem gönnerhaft strengen Ton, den sie aus unbekannten Gründen der Mutter gegenüber immer anwendete.
„Wie sollte ich keine Angst haben? Ein Mädchen allein in der Steppe!"
Inzwischen hatte die Mutter den Schlüssel hervorgeholt und schloß die Tür auf.
„Hast du noch kein Abendbrot gegessen?" fragte Nastja, als ihre Mutter die Lampe angezündet hatte. „Mit dir habe ich wirklich meine liebe Not! Wenn ich nun im Kreis geblieben wäre, dann hättest du dich sicherlich hungrig schlafen gelegt, nicht wahr?"
Forschend sah Nastja ihre Mutter an. Sie war klein und schlank wie die Tochter und hatte das gleiche energische Kinn und die gleichen hellen Augenbrauen, sie waren nur stärker und buschiger und nahmen dem Gesicht dadurch etwas von dem Fraulichen. Es erschien immer ein wenig verdrießlich.
„Mit dir habe ich wirklich meine liebe Not!" wiederholte

Nastja und warf den warmen Mantel und das Kopftuch ab. Dann wusch sie sich und klapperte bald darauf auch schon mit dem Ofenhaken.

„Setz dich nur hin, Mutter, ich decke gleich den Tisch."

Die rege Geschäftigkeit, die immer um sie her war, hatte sie wieder erfaßt. Die Mutter wollte ihr den Ofenhaken aus der Hand nehmen und sagte:

„Mach doch keinen Unsinn! Erst hast du dich draußen abgerackert, und nun willst du schon wieder ..." Aber Nastja befreite sich lachend von ihrem Griff.

Bald stand eine Schüssel mit dampfender Kohlsuppe auf dem Tisch, und es duftete appetitlich nach gekochtem Fleisch.

Nastja wirbelte wie ein Kreisel durch die Stube, und rasch war alles gedeckt: Salzfäßchen, Brot, ein Schüsselchen mit Mostrich und zwei Löffel. Die Mutter hatte sich an den Tisch gesetzt und aß nun zur Freude der Tochter gehorsam Löffel für Löffel. „So ist's recht", sagte Nastja zufrieden, setzte sich ebenfalls und begann zu essen. „Es wäre besser, wenn du immer auf mich hören würdest!"

„Ich will ja nur keinen Streit haben!" wehrte die Mutter ab und richtete den ruhigen Blick ins Weite. „Streit konnte ich mein Lebtag nicht vertragen!"

Nach dem Essen berichtete Nastja kurz und sachlich von den Erlebnissen des Tages. Die Mutter hörte ihr mit angehaltenem Atem zu, um kein einziges Wort zu verlieren. Sie wollte es vermeiden, Fragen zu stellen, um vor ihrer Tochter nicht als schwer von Begriff dazustehen. Agafja Danilowna fürchtete ihre jüngste Tochter und achtete sie zugleich. In ihrer Gegenwart fühlte sie sich belebt; es war, als ob ein frischer Wind um das Mädel wehte. Die Mutter liebte Nastjas Frische, die sich auf sie übertrug und sie mit der Tochter wieder jung werden ließ. Sie kannte alle Einzelheiten von Nastjas Arbeit und bemühte sich, die schwierigen „gelehrten" Wörter zu behalten, mit denen sie überschüttet wurde, wenn Nastja von der Aufforstung erzählte.

Wenn sich Agafja Danilowna nachher mit der Nachbarin darüber unterhielt, verwendete sie so ganz nebenbei ein paar von diesen Wörtern.

Ihre älteste Tochter Stepanida war ganz anders. Sie hatte geheiratet und lebte in einem entfernt liegenden Kreis. Stepanida war fünfzehn Jahre älter als Nastja.

Agafja hatte drei Kinder verloren; sie waren gestorben, und in dem Jahr, als Nastja zur Welt kam, hatte sie auch noch ihren Mann beerdigen müssen.

Stepanida war immer nur Hausfrau. Sie sorgte für ihren Mann, ihre Kinder und führte die Wirtschaft.

Nastja aber lebte für ihre Bücher, für die Lehrgänge und den Komsomol. Nastja steckte ganz und gar in ihrer Arbeit und wäre bereit gewesen, ihr Leben dafür hinzugeben. Sie kannte keine Ruhe und, was das Wichtigste war, sie suchte auch gar keine.

Meistens sah Agafja Danilowna ihre Jüngste nur abends, aber sie dachte ständig an sie. Sie glaubte, daß auch sie so wie Nastja geworden wäre, wenn man ihr in der Jugend die gleichen Möglichkeiten geboten hätte. Sie wäre sicher auch der Mensch dazu gewesen, sich einem großen Werk völlig hinzugeben. Aber die Jugend kehrt nicht wieder,

und das Vergangene läßt sich nicht zurückrufen. Eine Nachbarin hatte einmal gefragt:
„Nach wem mag bloß dieses flinke Mädchen geraten sein? Dein Michailo war doch ein geruhsamer und häuslicher Mann." „Nach m i r !" hatte Agafja Danilowna geantwortet und den Kopf stolz gehoben; aber dann war sie errötet und von der Sicherheit ihrer Antwort ein wenig betroffen.
Nastja wollte auch noch abräumen, doch das duldete die Mutter nicht. Jetzt übernahm sie selbst wieder die Herrschaft im Haus. Sie schüttelte die Kissen in Nastjas Bett auf, das hinter einem Vorhang aus weißem Kattun stand, und Nastja mußte schlafen gehen. Die Mutter löschte das Licht, und im Dunkeln wiederholte sie die Worte der Tochter: „Sobald der Morgen graut, weck mich, Mutter!" Ärgerlich setzte sie hinzu: „So wird es ohne Ende weiter gehen — tagaus — tagein."

2

Der neue Schutzwaldstreifen hatte eine Länge von zwei Kilometer. Er mußte am folgenden Tage sofort bepflanzt werden, bevor der Boden wieder hart wurde.
Am nächsten Morgen lieh sich Nastja vom Kolchosbüro ein Pferd. Das mußte nun den langen Markierungsbalken mit den drei Zacken ziehen, damit die Furchen in dem Ackerstreifen gleichmäßig aufgerissen wurden. Dann setzten sie Richtpfähle, lange Stangen mit Strohbüscheln, die

auf zwei- bis dreihundert Meter Entfernung noch gut erkennbar waren.

„Wer die schärfsten Augen hat, prüft nach, ob alle Pfähle in gleicher Richtung stehen!“ forderte Nastja. „Die Anpflanzung soll geradlinig verlaufen!“

Die Stellen, an denen die Setzlinge in die Furchen gesetzt werden sollten, merkte man mit schweren verlängerten Schaufeln — „Kolossow-Schwertern“ — an. Der Reihenabstand wurde mit dem Stiel nachgeprüft. Gerade zur richtigen Zeit, als das Anpflanzen in vollem Gang war, kam der Forstmeister der MTS.

Hier und da steckten schon die Gerten im Boden, und ihre Zweige mit den schwellenden Knospen bewegten sich im Wind. Dicht lag der Geruch feuchter Frühlingserde über dem Acker. Am weiten tiefblauen Himmel jagten die weißen Wolken, und hoch oben stieß ein unsichtbarer Habicht seinen beutegierigen Schrei aus. Die Sonne brannte schon; aber der Steppenwind wehte kühl.

Wenn man Nastja bei der Arbeit beobachtete, glaubte man, sie sei zornig. In Wirklichkeit fühlte sie sich frei und fröhlich dabei.

Als Pjotr Wassiljewitsch die Gruppenleiterin bemerkte, rief er ihr zu: „Guten Morgen, Nastja! Ihr setzt also Geißblatt zwischen die Birken, wie ich sehe!“

„So war es auch verabredet, Pjotr Wassiljewitsch!“

„Ich weiß, aber wir hatten doch kein Geißblatt in der Baumschule. Wo habt ihr es denn her?“

Nastja warf einen verschmitzten Blick nach einem hochgewachsenen Mädchen, dessen Gesicht von Sommersprossen übersät war.

„Und wenn wir es aus der Erde herausklauben müßten, Pjotr Wassiljewitsch, einen Ausweg finden wir immer! Stimmt's, Sina?"

„Und ob es stimmt!" bestätigte das Mädchen und betrachtete befangen den Forstmeister.

„Das Geißblatt brauchen wir, um den Boden zu schützen", erklärte der Forstmeister. „Wenn sich die Kronen der Bäume zusammengeschlossen haben, können wir es wieder entfernen."

„Ehe es so weit ist ...", seufzte eine ältere untersetzte Frau und stützte sich auf den Spatenstiel. „Wenn man zum Beispiel Rüben steckt, dann weiß man genau, daß wieder Rüben daraus werden, und wann das sein wird, das weiß man auch. Aber die Ruten hier, die könnten aus einem Reisigbesen gerupft sein. Zu dieser Sache muß man schon sehr viel Vertrauen haben, Pjotr Wassiljewitsch!"

„Sie pflanzen erst im ersten Jahr, Mutter Feodossja, darum fehlt Ihnen noch das Vertrauen. Aber wir! Wie oft haben wir schon gepflanzt."

„Was, Reisig soll das sein?" rief Sina hinüber, richtete sich in ihrer ganzen Höhe auf und verzog die roten Lippen, als sei sie beleidigt worden.

„Man muß zu jeder Arbeit Vertrauen haben, Feodossja!" sagte der Forstmeister und beugte sich zu den Pflanzungen hinunter. Er prüfte nach, ob die Setzlinge tief genug gesteckt worden waren.

„Na, ihr Mädchen, wie weit setzt ihr den Wurzelhals ein? Doch höchstens einen Zentimeter tief oder auf gleicher Höhe mit dem Erdboden! Immer die Erde fest andrükken, damit sie sich mit dem Wurzelwerk verbinden kann!

Und vergeßt nicht, ungefähr zwei Zentimeter lockere Erde darüber zu streuen, die Feuchtigkeit hält sich dann besser! So ist's recht! Ihr seid tüchtig! Wenn wir uns nach fünf Jahren wieder hier treffen", er wandte sich lebhaft an alle, „dann werden diese Apfelbäume schon rote Früchte tragen und die Beeren der Ölweide anfangen zu reifen. Sie schmecken besonders gut. Und was für ein Weizen wird dann unter dem Schutz dieser Bäume heranwachsen!"

3

Als Nastja den Forstmeister Pjotr Wassiljewitsch kennengelernt und durch ihn zum erstenmal von dem Waldanbau in der Steppe gehört hatte, ging sie noch in die Schule. Das war Anfang Juni, die Schulkinder streiften durch das hohe frühlingsfrische Gras, pflückten Blumen und sammelten Wermutkraut, dessen Büschel sie für den Winter als Besen verwenden wollten. Und auf einmal sahen alle, daß mitten im hohen Gras ein Mann stand.

Der Mann war noch jung. Er trug keine Mütze auf dem blonden Haarschopf, und seine Augen strahlten so hell, daß der kleinen Nastja ganz froh zumute wurde.

„Was pflückt ihr denn da?" fragte er.

„Für den Winter, um Schnee zu fegen!"

„Ihr helft also daheim?"

„Na klar! Wir häufeln auch Kartoffeln, die hinterm Haus wachsen!"

„Wir haben hier einen Waldstreifen angebaut", fuhr der junge Mann fort, „seid ihr schon einmal in einem Wald gewesen?"

„Aber natürlich! Die Nachtigallen singen dort!"

„Auch hier werden einmal Nachtigallen singen, wenn wir diese Bäume pflegen!"

„Wo? Wo?" Die Kinder bestürmten den Mann und umringten ihn.

„Hier — diese Bäume! Seht doch hin!" Er schob das hohe Gras mit den Händen zur Seite.

Winzige armselige Ahorne sahen hervor, vom Unkraut fast erstickt.

„Tatsächlich! Zeig mal, wie man jätet", sagte Nastja und hob den Kopf. „Wie heißt du denn?"

„Ich heiße Pjotr Wassiljewitsch Chomutow. Aber, was hör ich da? Du kannst nicht jäten? O weh! Ist schon so groß und kann noch nicht einmal jäten!"

Am nächsten Tag kamen die Kinder mit ihren Hacken zum Waldstreifen. Pjotr Wassiljewitsch wandte sich an Nastja:

„Kannst du bis fünfzig zählen? Hier, diese fünfzig — das sind deine Bäume!" Er faßte die Kleine bei den Schultern und drehte sie wie ein leichtes Federchen herum. Pjotr Wassiljewitsch hieß sie, sich an den Waldrand zu stellen, und nun konnte Nastja deutlich die Bäumchen im Gras erkennen.

Die Schulkinder jäteten und ließen nicht einen einzigen Grashalm zurück. Den ganzen, zwei Kilometer langen Streifen bearbeiteten sie in wenigen Tagen mit der Hacke. Dann lockerten sie, wie Pjotr Wassiljewitsch es ihnen gezeigt hatte, mit den Spitzen ihrer Hacken den Boden auf. Mitte August wurde diese Arbeit dann noch einmal wiederholt.

Die Mütter kamen zum Waldstreifen, weil sie sehen wollten, wie ihre Kinder den zukünftigen Wald der Steppe vom Unkraut befreiten, und schließlich fand sich auch Großvater Trofim ein, der Kolchos-Imker. Lange sah er begeistert zu und schickte dann Honig als Belohnung für die Schulkinder.

Seitdem hieß dieser Waldstreifen „Schulstreifen". Er wuchs am schnellsten heran, da die Kinder ihn gut pflegten. Die anderen Anpflanzungen erstickten schon im ersten Jahr unter Disteln, wurden von Vieh verwüstet und mit ihren angeknickten Bäumchen als Reisig herausgebrochen.

4

Einen Wald in der Steppe anpflanzen!

Das war etwas ganz Neues — noch nie hatte man so etwas gesehen! Man sah diesem „Neuen" mißtrauisch entgegen.

„Es ist und bleibt nur eine Spielerei", pflegte der Kolchosvorsitzende Kusma Awdeitsch zu sagen. „Wir pflanzen und pflanzen! Wo aber ist das Ergebnis?" Dann fragte einer der Agronomen:

„Müßt ihr denn für diese Anpflanzungen auch sorgen?"

„Ich muß mich um das Getreideproblem kümmern!" erwiderte Kusma Awdeitsch. Das war sein üblicher Spruch, wenn er nicht mehr weiter wußte.

Als der Kolchos dann von der Kreisverwaltung für Landwirtschaft den Auftrag bekam, eine besondere Gruppe für den Waldanbau aufzustellen, erklärte Jascha, der Komsomol „Der helle Weg“ sei bereit, die Patenschaft zu übernehmen. Als Leiterin der Gruppe schlug er Nastja vor, die sich als bewußte und entschlossene Komsomolzin schon oft bewährt hatte.

Von da an gestaltete sich Nastjas Leben zu einem unaufhörlichen Kampf; aber je schwerer er wurde, desto mehr liebte Nastja ihre Arbeit; denn nichts kann den Menschen so mit seinem Werk verbinden, wie der Kampf um das Gelingen. Besonders schwer hatte es die Gruppe zur Zeit der Anpflanzung. Im Vorfrühling, wenn noch die Pfützen auf den Feldern standen — wer ging als erster hinaus? Die Waldanbaugruppe. Die Feldarbeitsgruppe saß noch daheim; denn an den Acker konnte man noch nicht herankommen, ohne hilflos darin steckenzubleiben. Zum Bäumepflanzen dagegen war die Zeit gerade recht, obwohl die Wege nicht befahrbar waren und das Wetter noch unbeständig blieb. Bald goß es in Strömen, bald fiel feuchter, grauer, pappender Schnee. Ja, und dann mußte man auch noch Transportmittel von Kusma Awdeitsch herausschinden; denn die Verbindung mit der Baumschule durfte auf keinen Fall abreißen! Und wie war es im Herbst? Die Felder lagen leer da; kein Mensch hielt sich mehr in der Steppe auf. Der Herbststurz war längst gepflügt, die Brache längst bearbeitet. Morgen lag vielleicht schon Reif auf dem Gras, als wäre es mit Salz bestreut. Schon wurden die Öfen geheizt.

Die Waldanbaugruppe aber stand auf ihrem Posten; denn die Herbstanpflanzungen waren in vollem Gange.
Im Sommer dagegen stand die Pflege der heranwachsenden Streifen an erster Stelle. Das Jäten der schlimmsten Unkrautpflanzen, die in der Steppe einen harten Kampf gegen den jungen Wald führten, die Auflockerung, die Schädlingsbekämpfung und das Ausforsten der kränkelnden Bäume mußte erledigt werden.
„In den ersten Jahren ist es noch schwer für den Wald, sich in der Steppe zu halten", sagte Pjotr Wassiljewitsch. „Da kann er die Gefahren, die ihm von allen Seiten drohen, nicht ohne menschliche Hilfe überwinden. Die Steppe ist ein Feind des Waldes, und wir müssen ihm helfen, den Kampf gegen diesen Feind zu bestehen."
Zweihundert Tage im Jahr dauerte die sogenannte Vegetationsperiode. Sie war für die Waldanbaugruppe gleichbedeutend mit Mobilmachung.
Während dieser Zeit magerte Nastja infolge der schlaflosen Nächte immer mehr ab. Durch den ständigen Aufenthalt im Wind klang ihre Stimme schon ganz heiser. Nastja wurde schroff, hart und verbissen und gab in nichts mehr nach. Weder vor dem Wetter noch vor dem Vorsitzenden oder den Brigadieren machte sie halt, wenn sie Leute aus der Gruppe für die Ernte herausziehen wollten.
„Ach, Pjotr Wassiljewitsch, wie schwer das alles ist", klagte Nastja einmal. „Wird es denn immer so bleiben?"
„Wer für den Wald arbeitet, muß standhaft sein — körperlich und seelisch", gab Pjotr Wassiljewitsch zur Antwort. „Ein Forstmeister arbeitet für das Zukünftige. Es ist zwar schwere, aber ehrenvolle Arbeit!"

5

Nastja wußte, daß auch Pjotr Wassiljewitsch wegen der Waldstreifen immer wieder Streit hatte. Mit dem Chefagronomen der MTS, der die Bodenflächen zur Verfügung stellen mußte, geriet er am häufigsten zusammen. Bestand der Forstmeister darauf, daß er für die Waldanpflanzungen dringend Land benötigte, war schon der Streit da:
„Ihr nehmt den Feldern zuviel Boden weg!"
„Die Waldanbaugruppen haben nichts zu tun. Teilt sie den Feldarbeitsbrigaden zu!"
Oder die Traktoren mußten vom Umpflügen der Waldstreifen ausgerechnet dann, wenn am meisten zu tun war, für andere Arbeiten weggenommen werden, so daß der Kolchos den Plan der Waldanpflanzung nicht erfüllen konnte.
Wenn aber die verschiedensten Funktionäre aus der Gebietshauptstadt oder aus Moskau eintrafen, prahlte der Chefagronom mit der Waldanpflanzung seiner MTS.
Er setzte die Besucher in einen Personenwagen und brachte sie zum Schulstreifen des Kolchos „Der helle Weg".
„Bitte — so einen Waldstreifen haben wir!" Dann fuhr er zur anderen Seite desselben Waldstreifens und meinte:
„Hier! Sehen Sie sich diesen Schutzwaldstreifen an!" Später hielt er auch noch vor dem mittleren Teil des Schulstreifens:
„Sehen Sie, noch ein Schutzstreifen, unser ganz besonderer Stolz!" Die Bildberichterstatter nahmen den Schutzwaldstreifen von verschiedenen Seiten auf, und dann prangten in irgendeiner Zeitung die Aufnahmen von dem Schutz-

waldstreifen des Kolchos „Der helle Weg“ mit der Überschrift „Die Schutzwaldstreifen der Sotower MTS“.
Wenn Nastja an solchen Tagen gerade im Schulstreifen arbeitete, nahm der Chefagronom bestimmt die Gelegenheit wahr, seinen Gästen zu zeigen, „wie ein Waldstreifen von der fortgeschrittensten Gruppe der MTS gepflegt wird“.
Lächelnd ließ er seinen Goldzahn blitzen, klopfte Nastja auf die Schulter und sagte gönnerhaft:
„Sie ist unsere älteste Gruppenleiterin. Ihre Arbeit ist ganz ausgezeichnet. Von ihr werden die Waldstreifen hervorragend gepflanzt.“ Dabei hatte sie erst gestern mit ihm Streit gehabt, weil die MTS noch immer nicht die schuldigen Waldfrevler bestrafte, obwohl Nastja schon zahlreiche Protokolle verfaßt hatte!
Dann beugte sich der Chefagronom über irgendeinen kleinen Strauch und lächelte zärtlich, während er zu seinen Gästen sagte:
„Dieses Sträuchlein atmet! Es fühlt alles, man muß es nur verstehen! Es muß sorgfältig behandelt werden, ja, es muß einen eigenen Namen haben! Der liebe kleine Iwan Iwanowitsch!“
Pfui Teufel! Nastja wurde immer ganz übel von diesem Gerede! Und die Besucher waren auch noch so vertrauensselig, stellten viele Fragen an den Chefagronomen, der sich im Leben noch nicht dafür interessiert hatte, wo und wie überhaupt Schutzwaldstreifen angelegt werden.
Pjotr Wassiljewitsch allerdings nahm man zu diesen Fahrten nicht mit! Eine derartige Komödie in Gegenwart des Forstmeisters zu spielen, hätte der Chefagronom wohl auch kaum gewagt.

Gott mochte wissen, was das für ein Mensch war! Dabei kam er immer leichten Kaufs davon. Er brachte es fertig, jedem etwas Schmeichelhaftes zu sagen, war außerordentlich höflich, hatte für jeden ein teilnahmsvolles Wort und lächelte immer!

Bei diesem harten Kampf mit einer Steppe, die sich gegen den Menschen wehrte, einem Kampf, bei dem die Lippen aufsprangen und der salzige Schweiß in den Augen brannte, machte die Liebenswürdigkeit des Chefagronomen unwillkürlich großen Eindruck auf manche. Sein sanftes Wesen wirkte wie eine Erholung. Rasch und bereitwillig sah er seine Fehler ein und hatte noch nie jemand mit einem groben Wort beleidigt. Jeder Traktorist wurde als der beste von ihm begrüßt. Mit Vorliebe erzählte er Witze oder irgendeine drollige und unglaubwürdige Geschichte. Seine Sorglosigkeit kam mitunter der Wirtschaft der MTS sowie den Kolchosen teuer zu stehen. Da war zum Beispiel der Fall mit dem Brand eines Schutzwaldstreifens. In einem Herbst hatte der Chefagronom bei zwei Kolchosen noch hohe Stoppelfelder stehen. Er ordnete an, sie einfach niederzubrennen. Die Stoppeln verbrannten, aber gleichzeitig auch zehn Hektar Schutzwaldstreifen.

Die Angelegenheit sollte dem Staatsanwalt übergeben werden, verlief aber dann im Sande. Gleich nach diesem Vorfall heuchelte der Chefagronom besondere Anteilnahme für die Anpflanzung der Schutzstreifen. Später stand er der Sache wieder ebenso gleichgültig gegenüber wie bisher. Aus welchem Grunde verzieh man ihm alles? Aus Gutmütigkeit? Schlappheit? Menschlicher Güte? Heimlich verfluchten doch viele den Chefagronomen, und manche träumten davon, ihn endlich loszuwerden. Und dennoch schien es immer, als sei es unangebracht, etwas laut werden zu lassen.

Eines Tages war Pjotr Wassiljewitsch in seiner Eigenschaft als Parteisekretär der MTS und vorübergehender Stellvertreter des Funktionärs in die Gebietshauptstadt gefahren, um die Sache mit dem Chefagronomen der MTS zur Sprache zu bringen. Er hatte den Bescheid bekommen, daß es sich um einen Mann mit Hochschulbildung handle, der im Augenblick schwer zu ersetzen sei. Man müsse sich eben mit den Leuten vertragen und solle versuchen, den Chefagronomen von der Partei aus zu beeinflussen.

Nastja haßte ihn wegen seiner Einstellung zu den Schutzwaldstreifen. Zuweilen hatte sie das Gefühl, als ob die wirkliche Bedeutung dieser Arbeit nur von Pjotr Wassiljewitsch und den Dozenten, die den Kolchos besuchten, richtig erkannt würde.

Vor kurzer Zeit war es wirklich noch so, daß längst nicht alle begriffen hatten, was ein Wald in der Steppe bedeutet. Die meisten sahen ihn als eine Arbeit an, die erst an zehnter Stelle kam.

Als der Kolchosvorsitzende den Acker sah, der für den Schutzwaldstreifen vorbereitet war, brummte er in seinen tabakgefärbten Schnurrbart:

„Da ihr für das Pflügen nun einmal Staatsmittel verbraucht habt, müßt ihr eben weitermachen.“ Er griff sich mit beiden Händen an den Kopf und stöhnte: „Und dabei gehen unsere Arbeitstage und wertvolle Zentner unserer Kolchosernte verloren!“

„Aber unsere Aufforstungen wachsen doch!“ rief Nastja und kam ihm dabei so nahe, als wäre er schwerhörig.
„Und wieviel Unkosten haben sie schon verursacht? Wachsen ... ich bin ja daran entlanggefahren! Die Eichen haben noch nicht einmal Kniehöhe!“
Nastja erhitzte sich: „Schließlich ist die Eiche ein Baum, der langsam wächst! Zehn lange Jahre wächst sie nur allmählich! Dann aber wird sie hochschießen, daß Sie sich wundern werden!“
„Wenn wir uns dann nur nicht über die vergeudete Arbeitszeit wundern werden!“ entgegnete der Vorsitzende kühl und rieb sich, wie er es immer tat, den zerfurchten Nacken.

6

In jedem Winter versammelten sich die Gruppenleiter der Waldanbaugruppen aller zehn Kolchose in einem MTS-Seminar. Ältere Frauen, Jugend und alte Männer kamen dann angefahren und nahmen im Klubhaus an einem langen Tisch Platz.
Pjotr Wassiljewitsch, der Chefagronom der Landwirtschaftsverwaltung des Kreises und der Lehrer der Oberschule hielten die Vorträge. Sie sprachen von der Futteranbauwirtschaft, behandelten Wiljams'[1] Lehre von der Schaffung einer krümligen Bodenstruktur und erwähn-

[1] Wiljams, weltbekannter sowjetischer Agrarwissenschaftler

ten den Einfluß der Schutzwaldstreifen auf die Getreideernte und das Klima der Trockensteppe. Sie erklärten, wie Bäume wachsen, sich entwickeln und innerhalb der engen Nachbarschaft eines Waldstreifens in wechselseitige Beziehung zueinander treten. Sie sprachen ferner von dem Waldleben, das einmal in den Schutzstreifen herrschen würde, wenn sich die Baumkronen erst zusammengeschlossen hätten.

Nastja schrieb sich alles auf, um es später Sina vorzulesen. Die Worte „wenn sich die Baumkronen erst zusammengeschlossen haben" berührten sie ganz besonders; vielleicht, weil Nastja für diese Zukunft arbeitete.

Ob wirklich einmal die Zeit kommen würde, da die Eichen, Birken, Eschen, Ahorne und Obstbäume, die von Nastjas Gruppe gepflanzt wurden, die üppigen Kronen zusammenschlossen? Ob in der Waldeskühle, unter dem grünen Zeltdach, wirklich Beeren und Pilze wachsen würden?

„Richtige Pilze? Oh, Nastja ...", konnte Sina dann stokkend sagen. Dabei blickte sie sinnend in die Ferne.

„Zur restlosen Durchführung einer Aufforstung brauchen wir viel Samen", wurde im Seminar gelehrt. „Ihr müßt lernen, Samen zu sammeln!"

Der Brief von Mitschurin, den der große Gelehrte 1934 an die Tambower Komsomolzen schrieb und in dem eingehend beschrieben wird, wie man Samen zu sammeln hat, wurde vorgelesen.

Den Brief schrieb Nastja sich ebenfalls ab — für alle Fälle!

7

Im Winter besuchte der Forstmeister häufig das Häuschen seiner Gruppenleiterin Nastja. Einmal verlangte er schon beim Hereinkommen:
„Ruf die Gruppe zu einer Aussprache zusammen!"
„Man muß mit Liebe bei der Arbeit für den Schutzwaldstreifen sein", sagte er dann zu den Versammelten. „Wir pflanzen zwar, aber wir pflegen schlecht! Wir setzen etwas hin, gehen weg — und denken nicht mehr daran!"
„Nein, Pjotr Wassiljewitsch, wir pflegen mit großer Sorgfalt! Wir haben keine Schuld, wenn etwas zerstört wird. Die Hirten dagegen — kaum hat man den Rücken gedreht, treiben sie auch schon ihr Vieh in die Schutzstreifen, und die Anpflanzungen werden zertreten! Oder die Ziegen benagen die Bäumchen!"
„Ach, ja, diese Ziegen . . .", rief Nastja empört. „Wenn alle Ziegen der Welt eingehen würden, könnte man aufatmen!"
„Was die Hirten angeht, so verfügt unsere Gruppenleiterin über eine reiche Erfahrung." Neckend zwinkerte Pjotr Wassiljewitsch Nastja zu. „Die Hirten fürchten Sie wie Blitz und Donner! Verraten Sie uns doch das Geheimnis Ihrer Wirkung!" So bat er und redete Nastja dabei mit „Sie" an, vielleicht, um das Ansehen der errötenden jungen Gruppenleiterin zu erhöhen.
Tapfer bekämpfte Nastja ihre Verlegenheit und erklärte: „Das ist doch ganz einfach! Ich halte mich im Waldstreifen verborgen und warte, bis die Herde herangetrieben wird.

Sobald eine Kuh im Gebüsch raschelt, springe ich auf und stelle den Hirten:
,Seid ihr denn nur Hirten geworden, um Kulturen zu vernichten? Euch geht wohl Wiljams' Lehre nichts an! Dokutschajew hat eine Expedition ausgerüstet, Gelehrte sind hierhergekommen, um festzustellen, wo in der Steppe ein Wald angepflanzt werden muß ...' und dann setze ich ihnen Mitschurin vor, reibe ihnen Lyssenko unter die Nase und erzähle ihnen, wieviel hervorragende Menschen sich die Aufforstung zu einer Lebensaufgabe gemacht haben. ,Aber anscheinend ist ein Hirt nur dazu erschaffen, um alles wieder zu vernichten!'
,Hör auf! Hör auf!' wehrt der Übeltäter dann meistens ab. ,Wo du bloß alle diese Worte hernimmst! Die Ohren brennen einem ja davon! Ich tu es nicht mehr — aber um Himmels willen, hör endlich auf!' Beim nächsten Mal beobachte ich dann, wie das Vieh wieder herangetrieben wird. Da höre ich, wie der Hirt zu seinem Hütejungen sagt:
,Da steckt bestimmt wieder die Nastja im Gebüsch! Die kann uns gern haben! Die bringt einen ganz durcheinander mit ihren komischen Wörtern! Wir wollen das Vieh lieber dort durch die Schlucht treiben!' So habe ich es ihnen eben beigebracht", schloß Nastja unter schallendem Gelächter der anderen. „Wenn mich jetzt die Hirten sehen, rufen sie schon von weitem:
,Glaube nur nicht, daß i c h das war, Nastja, ich habe mein Vieh hier nicht vorbeigetrieben! Das muß der und der gewesen sein!' "
Pjotr Wassiljewitsch sprach gewöhnlich zuerst von dem

Nutzen der Schutzwaldstreifen, dann, zum Abschluß, von ihrer Schönheit.

„Stellt euch das Bild einmal vor!“ Er stand auf und zog mit der ausgestreckten Hand einen Kreis, als beschriebe er eine endlose Weite. „Glühende Hitze — Mittagszeit auf dem Feld. Stellt euch nun vor, ihr müßtet in der brennenden Sonne ausruhen. Wenn doch hier Wald wäre! Wenn doch sein Schatten den heißen Kopf kühlte! Und dann stehen wir im Schutzwald! Hier ist es kühl! Die Früchte sind reif. Es wachsen rotschimmernde Johannisbeeren, saftige Kirschen, und es reicht für alle. Ihr könnt essen, so viel ihr wollt!“

„Man könnte beinahe glauben, daß es wirklich einmal so sein wird“, sagte die mißtrauische Feodossja nachdenklich.

Da schlug Pjotr Wassiljewitsch mit der flachen Hand auf den Tisch:

„Und es w i r d so sein!“

8

Darüber, wie Schutzwaldstreifen angelegt und gepflanzt werden müssen, herrschten die verschiedensten Ansichten. Wenn sich Pjotr mit den Lektoren darüber auseinandersetzte, hörte Nastja häufig zu. Die einen erklärten, ein Schutzwaldstreifen müsse etwa zehn Meter breit sein. Die anderen entgegneten, bei einer Breite von zehn Meter wäre ein Waldstreifen gar nicht in der Lage, sich gegen

den Steppenwind zu wehren. Dazu müßte er mindestens sechzehn bis zwanzig Meter breit sein.
Wieder andere behaupteten, sobald sich die Kronen einmal zusammengeschlossen hätten, sei der Schutzwaldstreifen ein Wald geworden, der sich allein gegen die Steppe wehren könne.
Viele warnten:
„Denkt doch nur nicht, daß die Schutzpflanzungen dem Wald gleichkommen. Diese Anpflanzungen müssen ununterbrochen gepflegt werden. Je älter der Schutzwaldstreifen wird, um so mehr Pflege wird er verlangen!"
Und wenn die einen meinten, ein Waldstreifen, der nicht gepflegt würde, sei völlig unnütz, so erwiderten die anderen: „Nur nicht mit der Axt an einen Waldstreifen herangehen! Laßt euch nicht einfallen, das natürliche Leben der Bäume zu stören!"
„Nein, wie können Sie sich das nur alles anhören, Pjotr Wassiljewitsch!" Nastja schlug die Hände zusammen.
Mit einer unbekümmerten Bewegung warf Pjotr Wassiljewitsch sein Haar aus der Stirn und erwiderte: „Wir beide sind Praktiker. Die anderen beschäftigen sich mit der Theorie. Laß sie ruhig die verschiedenen Versuche vergleichen und allgemeine Schlüsse ziehen. Das Material für ihre Schlußfolgerungen wollen wir beide der Wissenschaft liefern. Wir haben die Aufgabe, die Ergebnisse unserer Arbeit aufmerksam zu verfolgen. Es geht hier um etwas Neues! Man kann nicht schon im ersten Jahr sagen, wer recht behalten wird."
Die Schutzwaldstreifen des Kolchos „Der helle Weg" traten inzwischen nach und nach ihren Dienst an; sie

bildeten bereits einen Schutz für das Getreide. Sie bewährten sich schon, noch ehe die Baumkronen sich zusammenschlossen.
Nastja half Pjotr Wassiljewitsch im Winter auf den Feldern, die Tiefe der Schneedecke auszumessen. Gemeinsam stellten sie fest, daß in der Nähe der Schutzstreifen doppelt und dreifach mehr Schnee angeweht worden war als in der freien Steppe.
Dann verglichen sie die Ernteerträge. Als dann die Kolchosbauern sahen, daß die Waldstreifen den Ertrag der Felder, die von ihnen geschützt wurden, um manchen Doppelzentner steigerten, gewannen sie die grünen Reihen, die ihre Felder umringten, allmählich lieb.
Wohlwollend nannte man sie nun die „Gärtchen".

9

Die Steppe griff an! Sie belauerte die Schutzwaldstreifen im zartesten, wehrlosen Alter und trieb ihre gierigsten Räuber vor: die Disteln. Die siedelten sich mitten unter den winzigen, noch nicht gefestigten Bäumchen an und entrissen ihnen mit ihrem gewaltigen Wurzelwerk Feuchtigkeit und Nahrung. Gegen die Distel kann keine Hacke aufkommen; nur ein Grubber, der vom Traktor gezogen wird, kann tief im Boden die Wurzeln dieses lebenszähen Schädlings durchschneiden und die Setzlinge von ihrem Widersacher befreien.
Gegen Ende des Winters, als die Pläne für die Traktor-

arbeiten aufgestellt wurden, fuhr der Chefagronom Pestrak zum Kolchos „Der helle Weg“. Auf der Suche nach dem Vorsitzenden hatte er das Lesezimmer betreten und wurde gleich von der Jugend umringt: „Juli Rostislawowitsch, wird die Traktorenkultivierung der Schutzwaldstreifen mit in den Plan aufgenommen?“

„Ihr kommt doch auch mit den Hacken zurecht!“ antwortete der Chefagronom und schüttelte den glitzernden Schnee von seiner Pelzmütze.

„Ja, das müssen sie auch“, brummte Kusma Awdeitsch in seinen Bart und sah hinter der aufgeschlagenen Zeitung hervor. „Weisen Sie uns lieber einen zusätzlichen Traktor zum Schälen der Brache an, Juli!“

„Und die Disteln?“ fragte Jascha mit ruhiger Stimme, und nur Nastja sah an seinen zornig zuckenden Brauen, wie sehr ihn das Gespräch erregte.

„Die könnt ihr doch auch glänzend mit der Hand erledigen“, meinte der Chefagronom mit gespielter Munterkeit, setzte sich an den Tisch und griff nach der neusten Nummer einer Zeitschrift.

„Dazu habt ihr auch noch eine besondere Waldanbaugruppe. Die gibt es nicht einmal in jedem Kolchos. Disteln! Disteln!“ fügte er verächtlich hinzu und blätterte in der Zeitschrift.

„Ihr macht schon von vornherein aus der Mücke einen Elefanten! Der Boden ist ausgezeichnet vorbereitet worden. Wenn ihr euch nur ein bißchen anstrengt, werdet ihr es schaffen!“

„Das werden wir auch“, entgegnete Jascha selbstbewußt und sah den Chefagronomen offen an. „Hätten wir sonst einen Wald? Haben Sie gesehen, was die Krasnower MTS aus ihrem Wald gemacht hat? Nichts als Steppenunkraut wächst dort! Unser Unglück ist nur, daß Sie uns die Pflege der Waldstreifen erschweren. Sie legen eben auf die Schutzwaldstreifen in der Steppe keinen Wert!"

„Was? — Was fällt dir denn ein!" Aufgeregt fuchtelte der Chefagronom mit den Armen, doch Jascha unterbrach ihn:

„Wenn man den guten Willen hat, könnte man jederzeit einen Traktor für diese wichtigen Arbeiten freimachen. Unsere MTS ist doch ausreichend mit Maschinen versorgt!"

„Mein lieber junger Freund", begann Pestrak sanft und legte seinen Arm um Jaschas Schulter, „in dem aufgestellten Verteilungsplan stehen schon sämtliche Maschinen, die für eure Felder bestimmt sind. Wo willst du da noch die Bearbeitung der Schutzwaldstreifen unterbringen? Oder sollen wir vielleicht von den Arbeiten an der Brache einen Traktor abziehen? Gut, wir können es ja versuchen."

Kusma Awdeitsch, der sich scheinbar in die Zeitung vertieft hatte, sprang wie von der Tarantel gestochen auf: „Euch werde ich gleich — was heißt hier abziehen!" rief er grob. „So — und nun laßt den Mann endlich in Ruhe!" Er drängte die Komsomolzen, die Pestrak umringten, zur Seite: „Wir wollen ins Büro gehen, Juli Rostislawowitsch. Bis jetzt hat die MTS noch niemals Treibstoff für die Kultivierung des Waldes gebraucht; der wird zur Erntezeit ohnehin immer knapp. Was die sich nur wieder ausgedacht haben! Disteln! Wo wachsen denn Disteln in unserem Waldstreifen?"

„Laßt doch, Kinder — es muß eben erst so weit kommen, daß der Distelsamen in den Waldstreifen ausreift und vom Wind über die Steppe getrieben wird“, meinte Sina scheinheilig. „Dann werden wir eben auf sämtlichen Feldern die dichten Distelsamen haben. Wir lassen dann nicht nur die Waldstreifen, sondern auch die Einzelgrundstücke besamen.“

„Die ist bestimmt aus Nastjas Gruppe“, warf der Chefagronom lächelnd dazwischen und strich sich die Haare zurecht, die seine Glatze verdecken sollten. „Mit dieser Nastja habe ich schon seit langem ein Hühnchen zu rupfen!“ lachte er dann auf.

„Ganz recht, aus Nastjas Gruppe“, sagte Sina, stellte sich vor die kleine Nastja und preßte ihre Hand, damit sie sich nicht in den Streit einmische. „Weisen Sie uns doch wenigstens einen Radschlepper zu!“

„Juli Rostislawowitsch, kommen Sie doch, kommen Sie doch“, drängte der Vorsitzende.

„Der Radschlepper ist Sache des Obermechanikers!“ gab Pestrak der aufgebrachten Sina zur Antwort.

„Stimmt nicht, stimmt nicht“, lärmte die Jugend. „Das ist Sache des Chefagronomen!“

Pestrak hielt sich wie im Scherz die Ohren zu und wich bis zur Tür zurück.

Als Nastja ihre Gruppe später im Sommer zum Jäten einer einjährigen Streifenpflanzung führte und dabei auf dichtes Distelgestrüpp stieß, fiel ihr diese Szene wieder ein. Die kräftigen sehnigen Disteltriebe schwankten biegsam im Wind inmitten der noch schwächlichen Bäumchen. Nastja beauftragte Sina, die Gruppe nach einem anderen Waldstreifen zu führen, ging zur Chaussee und wartete auf ein Fahrzeug, das zur MTS unterwegs war. „Ich will nicht Nastja heißen, wenn ich nicht heute noch einen Schälpflug bekomme“, sagte sie sich.

Der Trockenwind zog bereits über die Steppe; er sauste in Nastjas Ohren und bog das von grauem Sand überzogene Gras und Getreide zur Seite.

Auf der Chaussee wirbelte Staub hoch, ein Lastkraftwagen tauchte auf. Nastja machte sich bemerkbar und befand sich einige Minuten später im Gehöft der MTS.

10

Es stand für Nastja fest, daß sie sich unmittelbar an den Direktor wenden mußte. Ehe die Sekretärin auch nur etwas sagen konnte, schlüpfte das Mädchen schnell ins Arbeitszimmer.

Die Unterredung mit dem Direktor hatte sich Nastja für den äußersten Fall aufgehoben.

Es gibt Menschen, an die man wie an Gleichgestellte oder nahe Verwandte denken kann, obwohl sie im Leben eine weitaus höhere gesellschaftliche Stellung einnehmen. Das Gefühl ihrer Überlegenheit erhebt uns selbst. Obgleich sie einen gar nicht kennen, hat man doch das Gefühl, ihnen bekannt zu sein. Diese Menschen unterstützen nach Recht und Billigkeit jeden, der es verdient.

Zu diesen Menschen gehörte auch Stepan Rodionowitsch, der Direktor der Sotower MTS. Und Nastja wußte das.

Der Direktor hatte Nastja bisher nur ein einziges Mal gesehen, als er die Kolchosvorsitzenden besucht, ihre Gruppe bei der Arbeit beobachtet und gefragt hatte, wie es bei ihr stünde. Seitdem war Nastja davon überzeugt, daß er sich ihrer so genau erinnere, wie sie ihn im Gedächtnis behalten hatte. Nur Pestrak brachte immer alle durcheinander, obwohl Nastja während der Arbeit sehr oft mit ihm zusammenkam. Sie hatte bei jedem Zusammentreffen das sichere Gefühl, daß er nicht wußte, wo er sie hinstecken sollte und sie stets mit anderen verwechselte. Ein guter Hirt kennt jedes einzelne Tier seiner Herde, nur dem Laien erscheint eins wie das andere. Pestrak aber verwechselte alle.

Bei Nastjas Eintreten knarrte die Tür, und der Direktor wandte sich um. Er sah Nastja an, und sie fühlte, daß er sie sofort erkannt hatte. Er zeigte auf ein kleines Sofa in der Nähe der Tür und sagte leise: „Setz dich bitte und wart ein Weilchen, falls du es nicht sehr eilig hast!"

Stepan Rodionowitschs Gesicht machte einen erschöpften Eindruck. Es war blaß, und zu beiden Seiten hatten sich tiefe Falten eingegraben. Sein blondes zurückgekämmtes Haar war teilweise schon leicht ergraut. An der ausgeblichenen Militärbluse trug er neben dem Verwundetenabzeichen auch eine Ordensschnalle für Verdienste im Krieg.

Er verfolgte die Unterhaltung zweier Direktoren der benachbarten MTS. Nastja hatte die beiden schon oft über die Felder des Kolchos „Der helle Weg" fahren sehen.

Der eine war klein und hatte einen kahlen Kopf. Er saß neben dem Schreibtisch und zerdrückte seinen Zigarettenrest im Aschenbecher, der schon so voll war, daß die Stummel bereits auf die Tischplatte fielen.

Der andere war groß, hatte glattes braunes Haar und hohe geschwungene Augenbrauen, die dem feingezeichneten Gesicht mit der kurzen Nase und dem festen Mund einen nachdenklichen Ausdruck gaben. Die Hände in den Hosentaschen, ging er gewichtig auf dem grünen Läufer, der quer über dem Fußboden lag, auf und ab.

Nastja fiel plötzlich ein, daß er der Direktor der Krasnower MTS war.

„Wir legen großen Wert darauf, Stoppelfelder gleich bei der Ernte zu schälen", sagte der Direktor, während er weiter hin- und herlief. „Nach dem Schälen pflügen wir dann im Herbst den Acker gut um. Dadurch wird der Boden locker und ist leichter zu pflügen. Früher, als wir noch nicht geschält haben, trocknete der Boden aus, und es entstanden Schollen, hart wie Gußeisen. In einer Schicht konnte dabei ein ganzer Satz Pflugscharen zum Teufel gehen." Nach einer kleinen Pause fügte er hinzu: „Wo das Stoppelfeld geschält wird, erhöht sich die Ernte im nächsten Jahr um sieben Doppelzentner pro Hektar."

„Wissen Sie noch", bemerkte Stepan Rodionowitsch, „was Wiljams in seiner Bodenkunde sagt? Wenn man nach der Ernte auch nur vierundzwanzig Stunden mit dem Schälen wartet, verliert der Boden seine ganze Feuchtigkeit, und dann hat das Schälen keinen Sinn mehr!"

„Wir schälen erst nach der Ernte", warf der Kahlköpfige ein. „Erst, wenn wir das Getreide vom Feld herunter haben, beginnen wir mit dem Schälen. Die Schwierigkeit liegt bei der Strohabfuhr; denn würde man das Schälen gleichzeitig mit dem Mähen durchführen, müßte man ja auch zur gleichen Zeit das Stroh wegschaffen. Ich fahre aber in erster Linie Korn und nicht Stroh ein. Das ist meine Aufgabe! Von mir verlangt man nämlich Korn! Mit Stroh gebe ich mich gar nicht ab. Schließlich kann ich mich nicht in Stücke reißen!" Er war ganz ärgerlich geworden, zündete sich eine neue Zigarette an und ließ die Asche einfach auf den Teppich fallen. „Und wie soll man überhaupt das Stroh wegräumen? Schleppbalken wären für den Traktor wohl eine zu geringe Last."

„Unsere Kolchosbauern sind auf folgende Idee gekommen", begann Stepan Rodionowitsch und streifte dabei Nastja mit einem flüchtigen Blick. Sie spürte, daß er sich wieder an sie erinnerte. Ehe er in seiner Rede fortfuhr, betrachtete er ihre zierliche, leicht vorgeneigte Gestalt und bemerkte, wie sie mit Interesse der Unterhaltung folgte, obwohl sie abseits saß.

„Unsere Kolchosbauern sind also auf folgenden Gedanken gekommen", begann er nochmals. „Sie lassen die Strohhaufen durch Ochsen abschleppen. Ein Ochsenpaar kann mit dem Mähdrescher ‚Stalinez 6' ohne weiteres Schritt halten. So schleppen die Ochsen das ganze Stroh noch während der Ernte mit einem Schleppbalken an den Feldrain. In der Nacht wird dann geschält. Der Acker kann nach Wiljams Vorschrift innerhalb von vierundzwanzig Stunden bearbeitet sein. Es ist Sache der Agronomen, das Wegräumen des Strohs zu veranlassen. Sie müssen das von den Kolchosen verlangen!"

Der Krasnower Direktor war die ganze Zeit über in dem Arbeitszimmer auf- und abgegangen. Ruhig verfolgte er das Gespräch der andern, ohne irgendwelche Erregung zu zeigen, während sich in dem Gesicht des Kahlköpfigen hin und wieder ein Zucken der Muskeln bemerkbar machte. Bei dem Krasnower Direktor hatte man den Eindruck, als fühle er sich die ganze Zeit über allein und sähe in Gedanken seine Felder vor sich liegen. Er widersprach nicht und hörte geduldig zu.

„Wir plagen uns mit dem Stroh ab, und inzwischen geht uns das Korn verloren", wiederholte der Kahlköpfige störrisch. „Es ist, als ob uns das Stroh erdrücken will. Wir wollen Getreide und Korn ernten, nicht Stroh!"

Hier mußte Nastja an Kusma Awdeitsch denken mit seinem „Ich habe das Getreideproblem zu bearbeiten" und sagte sich: „Bitte, da haben wir's! Wieviel muß man zureden! Kusma Awdeitsch scheint also nicht der einzige zu sein!"

„Bei mir", begann nun der Krasnower Direktor, während er vor dem Kahlköpfigen stehenblieb und wohlwollend auf die schimmernde Glatze blickte, „bei mir wird ein Seilschleppzug eingesetzt: zwei Traktoren ziehen an beiden Enden eines doppelschichtigen Netzes. In dem Netz sind drei Stützbalken, von denen die Seile auslaufen. So wird eine ganze Reihe von Strohhaufen abgeräumt. Zwei Traktoren schleppen jeweils vierzig Strohhaufen. Die Haufen legen sich übereinander, und ein ganzer Berg von Stroh kommt dadurch in Bewegung! Wir schaffen so im Laufe eines Tages das Stroh von achtzig, mitunter auch von hundert Hektar weg. Das ist eine Leistung, die durchaus zufriedenstellend ist."

„Ah! Ja! Das glaube ich! Dafür wäre ein Brennstoffverbrauch völlig gerechtfertigt", fuhr der Glatzköpfige auf. „Ja, damit bin ich einverstanden", rief er aus und verzog sein Gesicht, weil ihm Zigarettenqualm in die Augen kam. Dann schrieb er schnell etwas in sein Notizbuch, erhob sich und zog dabei hastig die Bluse zurecht. „Kann man Ihren Seilschleppzug einmal besichtigen? Ich würde dann meinen Mechaniker zu Ihnen schicken."

„Bitte, jederzeit!" Der Krasnower Direktor lächelte.

Für Nastja war das Gespräch der drei Direktoren sehr interessant. Sie erinnerte sich dabei an die Unterredungen und Auseinandersetzungen, die Pjotr Wassiljewitsch mit den fremden Lektoren der Schutzwaldstreifen wegen gehabt hatte. Alle, die mit Nastja arbeiteten, suchten nach Methoden, um mehr und besseres leisten zu können. Als der Krasnower Direktor von der Technik sprach, dachte sie: man sollte doch eine Maschine bauen, mit der man gleich tausend Bäumchen setzen könnte, anstatt sich mit der langsamen Handarbeit abzuquälen, wie wir es tun müssen! Ja, dann würde die Arbeit ganz anders vorangehen. Sie hatte das Gefühl, immerhin auf gleicher Stufe mit diesen reifen und erfahrenen Menschen zu stehen, die sich hier über das Ergebnis ihrer Arbeit berieten. Sie war vom gleichen Schlag; denn auch sie beseelte, wie die Direktoren, nur ein Gedanke: besser und zuverlässiger arbeiten! Als sie den Inhalt dieser Gespräche erfaßt hatte, erschien ihr das eigene Anliegen, das sie hergeführt hatte, ganz besonders wichtig und bedeutungsvoll. Sie hatte also doch richtig gehandelt. Wenn man Erfolg haben will, muß man selbst herkommen und jede Sache persönlich durchfechten.

„Und was hat dich hergeführt?“ wandte sich Stepan Rodionowitsch an sie, als er Nastjas Blick begegnete.
Die beiden anderen setzten das Gespräch fort und gingen dabei zum Fenster. Draußen pfiff der Sturm, zerrte an den schwankenden, zerzausten Fliederbüschen und schleuderte den Sand gegen die Scheiben. Hin und wieder konnte man durch das eintönige Brausen des Orkans ein dumpfes Brüllen hören, als tobe da irgendwo ein wildes Ungeheuer. Manchmal stürzte sich der Sturm mit aller Gewalt auf das Dach, und es hörte sich an, als liefe ein wildes Tier mit schweren Pfoten darüber hin.
Bevor Nastja Stepan Rodionowitschs Frage beantworten konnte, knarrte die Tür des Arbeitszimmers, und der Chefagronom trat ein. Mit einem flüchtigen Blick überflog er das Zimmer, setzte sich vorsichtig auf die Kante eines Stuhls und hörte mit angehaltenem Atem dem Gespräch der beiden Direktoren zu.
„Lieber Stepan Rodionowitsch“, flüsterte Nastja, über den Tisch gebeugt, „ich komme wegen eines Kultivators. Wir werden mit den Disteln einfach nicht mehr fertig. Mit den Hacken allein schaffen wir es nicht! Sie wissen doch Bescheid, lieber, l i e b e r Stepan Rodionowitsch!“
Dabei fühlte sie die ganze Zeit die Blicke des Chefagronomen im Rücken. Sie wagte nicht, sich umzusehen und hoffte, daß er sie nicht erkannt hatte und so auch nicht unterbrechen konnte.
„Wir wollen gehen, Stepan“, meinte der Krasnower Direktor und trat mit dem Glatzköpfigen an den Tisch heran. „Wir treffen sonst den Obermechaniker nicht mehr an.“

„Wart hier auf mich!" sagte der Direktor zu Nastja und ging mit seinen Besuchern hinaus. Nastja blieb am Tisch stehen und hielt sich an der Kante fest, als sei sie der rettende Strohhalm.

Der Chefagronom hatte inzwischen sein Notizbuch hervorgeholt und trug etwas ein.

Nastja hörte, wie er sich laut räusperte und den Bleistift über das Papier fahren ließ.

Plötzlich waren seine Schritte auf dem Läufer zu hören. Pestrak nahm den Telefonhörer ab, ohne Nastja auch nur im geringsten zu beachten, und rief die Landwirtschaftliche Verwaltung des Kreises an. Bald begann er sich zu unterhalten.

Nicht einmal „Guten Tag" hat er gesagt, als ob ich für ihn nur eine Mücke bin! dachte Nastja mit klopfendem Herzen. Tapfer hielt sie es ein paar Minuten neben ihm aus und ließ den süßlichen Geruch, der aus seinen Haaren stieg, über sich ergehen.

Nachdem Pestrak sich mit dem Lehrer genug über das Wetter unterhalten hatte, ging er durch das Zimmer, drehte sich wieder um und blieb neben Nastja stehen. Er sah sie an, als habe er sie erst jetzt bemerkt. „Kommt Stepan Rodionowitsch bald wieder?"

„Weiß ich nicht!" antwortete Nastja schroff.

„Na, und was machst du? Alles in Ordnung?" fragte Pestrak und ließ dabei seinen Goldzahn blitzen. Als er Nastjas grimmiges Gesicht bemerkte, lachte er aus vollem Halse. Nastja ließ aber nur den Kopf hängen und klammerte sich noch fester an die polierte Tischplatte.

„Hast du wieder mal was gegen mich? Bist du hergekommen, um mit mir zu streiten?" fragte der Chefagronom, als er sich endlich ausgelacht hatte. „Ich wüßte nicht, was ich mit Ihnen zu reden hätte, Juli Rostislawowitsch", antwortete Nastja und versuchte, das Zittern ihrer Lippen zu unterdrücken. „Ich bin überhaupt nicht zu Ihnen gekommen!" In Gegenwart des Chefagronomen kam sie sich plötzlich ganz klein und unbedeutend vor. Die Angelegenheit, derentwegen sie hergekommen war, erschien ihr nun ebenso bedeutungslos, gering und überflüssig. Sie hatte jetzt nur noch den einzigen Wunsch, so schnell wie möglich aus diesem Zimmer und zu ihrer Gruppe zurückzukommen!

„Also bist du hergekommen, um dich über mich zu beschweren", stellte der Chefagronom gelassen fest. „Ach, Nastja, Nastja", seufzte er dann und machte es sich im Sessel des Direktors bequem. „Du willst einfach nicht verstehen, daß es vor allem darauf ankommt, die inneren Kraftreserven mobil zu machen und nicht etwa darauf zu warten, bis dir irgend jemand zu Hilfe kommt und deine Arbeit für dich macht!"

Auch das ließ Nastja über sich ergehen. Noch immer stand sie da, an die Tischkante geklammert und atmete schwer.

„Du arbeitest an einer Sache, die für den Staat von größter Bedeutung ist", fuhr der Chefagronom lässig fort. „Der Wald in der Steppe verlangt die ständige Hilfe des Menschen und eine unermüdliche Tätigkeit."

Das Läuten des Telefons unterbrach seine Rede.

„Ja — ich bin es, Stepan Rodionowitsch", meldete sich der Chefagronom, den Hörer am Ohr, in der gleichen lässigen Haltung. „Ja, sie ist hier. Aber es wurde doch für die

Bodenbearbeitung kein Traktor eingeplant, Stepan Rodionowitsch! Umstellen?? Den Plan?? Was haben Sie gesagt? Ich habe Sie eben nicht verstanden ... Warum ich ihn nicht eingeplant habe?" Der Agronom wurde verlegen. „Aber erlauben Sie mal ... das ist doch ... gut, ich rufe sie an den Apparat."

Mit zitternder Hand griff Nastja nach dem Hörer und hörte folgende Worte: „Soeben fährt ein ‚U 2' mit angehängtem Schälpflug hinaus. Du fährst mit und zeigst, wo er eingesetzt werden soll!"

„Oh — ich danke Ihnen, Stepan Rodionowitsch!" rief Nastja und wurde ganz rot. „Vielen herzlichen Dank! Wenn S i e nicht wären ..." Aber der andere hatte den Hörer bereits aufgelegt.

In der Eile konnte sich Nastja nicht mehr darauf besinnen, wo sie ihre Aktentasche hingelegt hatte und rannte nun suchend durch das ganze Zimmer. Anstatt auf Nastja böse zu sein — sie hatte sich ja tatsächlich über ihn beschwert und über seinen Kopf hinweg gehandelt — verzog der Chefagronom nur den kleinen Mund zu einem Lächeln und sagte mit unerschütterlicher Ruhe: „Na, siehst du! Was willst du noch mehr? Jetzt hast du deinen Traktor bekommen, und die ganze Aufregung war umsonst!"

Nastja kamen die Tränen. Nicht, weil sie der Traktor so aufregte; aber die kühle Gleichgültigkeit, ja Dickfälligkeit dieses Menschen erregte sie maßlos. Schließlich war doch er die Ursache all ihrer Qualen! Sie fand die Aktentasche endlich hinter einem Sofakissen, lief aus dem Zimmer und — stand vor einem Traktor, der den Erdboden mit sei-

nem Rattern erschütterte. Er zog einen Pflug hinter sich her, und die Pflugscharen glänzten in der Sonne.
Der Wind trieb ihr den Ölgeruch entgegen.

11

Pjotr Wassiljewitsch verlangte, daß die Gruppenleiterinnen über jeden Waldstreifen in ihrem Kolchos und über jedes Bäumchen im Waldstreifen Bescheid wußten. Während der Wachstumsperiode mußte Nastja die einzelnen Waldstreifen häufiger aufsuchen und übertrug Sina für die Zeit ihrer Abwesenheit die Leitung der Gruppenarbeit.
An diesem Tag war es besonders heiß. Der ausdörrende Wind jagte über das Land und zerbrach in den Gärten die alten Birnbäume mit ihrem welken, vorzeitig vertrockneten Laub. Er peitschte und wirbelte den Staub auf den Straßen zu breiten Schleiern hoch und trug sie zum trüben Himmel hinauf. Wenn der heiße Wind nahte, spürte man das meistens schon in der Nacht. Dann wehte nicht der leiseste Hauch einer nächtlichen Kühle, die Lippen wurden trocken, die Schwüle benahm jedem Lebewesen den Atem, und man konnte nicht mehr einschlafen Im Haus, auf dem Hof, im Garten, überall herrschte drükkende Hitze! Unsichtbarer Staub knirschte zwischen den Zähnen. Wie ein roter glühender Ball ging die Sonne auf und wurde sofort von trübem Staub verschleiert. Es sah aus, als zöge der Qualm einer vorangegangenen Feuersbrunst ab. Der heiße Wirbelwind peitschte die Pflanzen

mit Sandruten; allmählich, dicht an den Boden gepreßt, welkten sie und verdorrten. Das Vieh auf den Weiden fraß nicht mehr und suchte keuchend in kleinen Schluchten und Waldparzellen Schutz.

Es kommt vor, daß sich der Dürrewind hier schon im Mai erhebt. Dann stürmt er den ganzen Sommer hindurch, hält bis nach der Ernte an und tobt fast ohne Unterbrechung. Dieser unablässige Kampf gegen die Naturgewalten läßt die Charaktere hart werden. Menschen aus der Trockensteppe sind starrköpfig, nachtragend, als seien sie hart und zäh geschaffen worden, um die Natur besiegen zu können. Man sagt, daß dagegen die Menschen aus den Waldgebieten weichherziger, gütiger und sogar schöner seien.

„Wald in der Steppe — das ist Glück!"

Es war kein Dichter, der diesen Satz sagte, sondern ein Gelehrter. In diesen Worten verbirgt sich ein tiefer Sinn und die ergreifende Größe eines schönen Gedankens. Sie bringen die Verbundenheit der Wissenschaft mit dem Leben des Volkes, mit seiner Arbeit und seinem Glauben an die Zukunft zum Ausdruck.

Nastja hatte das Kopftuch tief in die Stirn gezogen und trieb das Pferd an. Ihr Fuhrwerk war das einzige, das mitten im Pfeifen des Sturmes eigensinnig über die Dorfstraße holperte. Der Weg führte an den Häusern mit den dichtgeschlossenen Fensterläden vorbei, an den Sandhaufen entlang, die der Wind vor den Flechtzäunen wie Schnee im Winter angeweht hatte. Kein Mensch war zu sehen, und die Wege lagen still und vereinsamt da. Staubwirbel tanzten, und der heiße Sturmwind heulte stöhnend. Draußen in der Steppe war er völlig außer Rand und Band.

Auf dem „Meterstreifen", einem umgepflügten Ackerstreifen, der die Waldanpflanzungen von den Saaten trennte, fuhr Nastja an den Pflanzungen entlang. Sie kniff die Augen vor dem umherfliegenden Sand zusammen.

Die Waldstreifen des Kolchos „Der helle Weg" setzten sich aus verschiedenen Jahrgängen zusammen. Am meisten sorgte sich Nastja um die Jungpflanzungen, die einsam in dem aufgelockerten Boden standen. Der Wind zerrte an ihnen, drückte sie auf die Erde und schien sie im nächsten Augenblick davontragen zu wollen — weit in die Steppe hinaus.

Nastja sprang vom Kutschbock und lief den Streifen entlang, der mit den winzigen Eichen, Birken, Apfel- und Birnbäumen bepflanzt war. Sie prüfte nach, ob die Setzlinge auch nicht verdorrten oder unter Schädlingen zu leiden hatten. Sie untersuchte, wo Nachpflanzungen nötig waren. Die Bäumchen waren zum Teil kläglich zerrauft, aber widerstandsfähig.

Auf der Landstraße hielt ein Personenwagen. Ein Mann stieg aus und kam auf den Schutzwaldstreifen zu. Mit beiden Händen hielt er seine Mütze fest.

„Na, geht die Steppe zum Angriff über?" rief er durch das Getöse.

Nastja erkannte den Direktor der Krasnower MTS.

„Wieviel Hektar habt ihr hier angepflanzt?" fragte er, als er herangekommen war.

„Zweiunddreißig Hektar auf fünfzehnhundert Hektar Brache", antwortete Nastja und schützte ihr Gesicht mit den Händen vor dem peitschenden Sand.

„Tüchtig", lobte der Direktor, „so viel haben wir in

keinem einzigen Kolchos! Wie habt ihr das zustandegebracht?"
„Wir sind die ganze Zeit hinterher", lachte Nastja. „Einen Wald aufziehen heißt, Menschen erziehen!"
„Das ist gut gesagt, Sie kluges Ding!" Der Direktor lächelte und zeigte dabei gleichmäßige weiße Zähne.
„Das stammt nicht von mir; das hat unser Forstmeister Pjotr Wassiljewitsch gesagt. Kennen Sie den?"
„Aber natürlich! Das ist ein Mann, der von seiner Aufgabe restlos begeistert ist. Ein hervorragender Mensch! Es ist unser Unglück, daß wir keinen eigenen Forstmeister haben", seufzte der Direktor. „Ohne einen Mann, der anzuleiten versteht, ohne wissenschaftliche Aufsicht, ist diese Planung eben nicht zu schaffen. In sämtlichen Kolchosen zusammen hat unsere MTS nur hundertzwanzig Hektar Schutzwaldstreifen; und selbst die sind noch von Steppengras überwuchert."
„Aber wie kann man nur so zurückbleiben? Das darf man doch einfach nicht!" sagte Nastja in einem Ton, den Erwachsene gern kleinen Kindern gegenüber anwenden. „Sehen Sie", und sie deutete auf den gelockerten Boden, „in diesem Streifen wächst kein einziger Grashalm. Als sich die Disteln hier breitmachen wollten, haben wir ihnen sofort mit dem Pflug den Kampf angesagt. Die Disteln sind wie ein Vortrupp, den die Steppe in den Wald schickt, um ihn zu vernichten. Pjotr veranstaltet ständig Schulungskurse über diese Dinge und hält Vorträge." Leicht errötend fügte Nastja den letzten Satz hinzu, um ihre Kenntnisse gewissermaßen zu erklären.
Mit gesenktem Kopf hörte der Direktor zu.

„Das Wichtigste aber ist“, fuhr Nastja schon mutiger fort, „daß man gute Nachbarn für die Eiche wählt; denn sie darf nicht unterdrückt werden! In meinem Lehrbuch steht: ‚Die Eiche will unten warm gehalten werden, den Kopf aber will sie frei haben‘“, erklärte das Mädchen und hatte plötzlich das Gefühl, dem Direktor irgendwie überlegen zu sein, obwohl er ihr Vater hätte sein können. Und doch wußte er nichts vom Leben der Bäume. Sie konnte merkwürdig frei und offen mit ihm darüber sprechen.
Der Direktor hatte sich über eine winzige Eiche gebeugt und an einem der verstaubten Zweiglein gezupft. Nun richtete er sich auf und sah Nastja nachdenklich an. „Soll daraus wirklich einmal ein Baum werden?“
„Aber sicher!“ lachte Nastja. „Wenn unsere Generation längst nicht mehr lebt, wird er noch immer hier stehen, neue Zweige treiben und immer weiter grünen.“ Sie fühlte, daß er von der Wahrheit ihrer Worte überzeugt war und ihr noch länger zuhören wollte, aber sie hatte nun nichts mehr zu sagen.
Eine Weile standen sie noch schweigend inmitten des zukünftigen Waldes, der vorläufig kaum zu sehen war.
„Sooo, ja ...“, sagte der Direktor gedehnt. „Darum klappt es also auch in unserer MTS nicht mit dem Schutzwaldstreifen. Wir haben eben keine passenden Leute dafür! Getreidefachleute gibt es mehr als genug, aber wir haben bisher versäumt, Forstsachverständige auszubilden. Man kann einem Getreideagronomen nicht so einfach die Liebe für den Waldanbau einimpfen. Einmal versuchte ich einem zuzureden: ‚Dort wirst du für eine Zukunft arbeiten, für etwas Großes‘ — ja, das habe ich ihm gesagt, aber

der erwiderte nur: ‚Etwas ‚Großes' bekomme ich in jedem Jahr, nämlich die Prämien für die fristgemäße Bearbeitung der Herbstäcker! Und Sie wollen mich mit Ihrer Zukunft locken?'"

„Was ist denn das für ein Mensch", meinte Nastja verblüfft. „Der ist ja noch viel schlimmer als unsere Disteln!"

Der Direktor ging einige Schritte an der Pflanzung entlang und beugte sich über ein Bäumchen.

„Sehen Sie nur", rief Nastja lebhaft. „Wie gut es der Ulme hier gefällt! Der Trockenwind macht ihr nichts aus! Die Eiche wird auch durchhalten, aber", Nastja strich zärtlich über einen Eichenbusch, der vom Trockenwind arg zerzaust worden war, „die vermaledeiten Hasen machen uns das Leben schwer. Wieviel Bäumchen haben sie im Laufe eines Winters schon dadurch verdorben, daß sie die Rinden benagten! Glauben Sie nur nicht, daß es der junge Wald leicht hat, hier zu wachsen! Er hat so viele Feinde: Disteln, Trockenwind, Raupen, die seine Blätter fressen, und Borkenkäfer, die sich in seine Rinde bohren. Alle machen ihm das Leben schwer."

„Haben Sie schon einmal geprüft, in welchem Maß die Ernten unter dem Schutz des Waldstreifens gestiegen sind?" fragte der Direktor. „Einige Streifen sind ja hier bereits gut herangewachsen. Dort zum Beispiel — wie schön er dasteht!" Dabei zeigte er auf einen dunklen Waldrand, der sich in der Ferne vom Horizont abhob.

„Natürlich haben wir das getan! Wir konnten einen Mehrertrag von zweieinhalb, drei, ja mitunter sogar vier Doppelzentner Getreide pro Hektar feststellen! Bei der Luzerne haben wir sogar viereinhalb Doppelzentner mehr im Schutz des Waldstreifens geerntet."

„Diese Tatsachen sollten Sie als Grundstein für Ihre Propaganda benutzen", meinte der Direktor. „Nun leben Sie wohl! Ich wünsche Ihnen weiterhin Erfolg, sogar viel Erfolg!" Während der letzten Worte drückte er Nastja fest die Hand. Als er sich schon einige Schritte von ihr entfernt hatte, rief Nastja ihm nach:

„Und diesen Geldjäger, der bei Ihnen arbeitet, schicken Sie mal zu uns! Wir werden ihm schon sagen, worauf es im Leben ankommt!"

„Welchen Geldjäger?" fragte der Direktor und drehte sich um.

„Na, diesen Getreideagronomen", erklärte Nastja mit blitzenden Augen.

„Ist gemacht! Den Mann schicke ich Ihnen!" rief der Direktor lachend zurück. „Wir werden eine sogenannte Lehrfahrt zu Ihrem Schutzwaldstreifen in unser Programm setzen! Sämtliche Brigadiere und Agronomen sollen daran teilnehmen. Sie alle können durch eigene Anschauung nur lernen!"

12

Nastja ging zu ihrem Karren zurück. Hände und Gesicht brannten ihr von der unerträglichen Hitze; aber tapfer wie ihre Bäumchen stemmte sich auch Nastja gegen Hitze und Wind. Der Hals war zwar trocken und die Augen vom Staub verklebt, aber sie wollte auch noch den Schulstreifen aufsuchen. Um wenigstens den Weg abzukürzen, bog sie in eine kleine Schlucht ab, die ihr bekannt war.

„Ja, wenn man am Rand der Wüste, wo die Winde herkommen, starke Waldbarrieren anpflanzen könnte", überlegte Nastja und trieb ihr Pferdchen wieder an, „dann könnten diese Wälder den Wind gleich im Keim ersticken und dadurch eine gute Hilfe für unsere Schutzwaldstreifen sein! Aber so — welche Gewalten dringen auf diese Streifen ein! Wie müssen sich die Ärmsten wehren! Wie müssen sie leiden! Wenn sie doch wenigstens rascher heranwachsen würden! Manchmal möchte man sie am liebsten in die Höhe zerren und ihnen zurufen: so wachst doch — w a c h s t doch schneller!"

Zwischen zwei Hügeln tauchte ein Dörfchen auf. Als Nastja näherkam, sah sie eine alte Frau am Tor ihres Hofes stehen. Sie hatte einen Stock in der Hand und wartete anscheinend auf ihre Kühe, die mit der Herde zurückkommen sollten.

„Wo willst du denn hin, Kleine?" Die brüchige Greisenstimme der Frau klang wie vom Wind über die Steppe geweht.

Nastja hielt das Pferd an: „Ich will zur Chaussee. Kann ich wohl etwas zu trinken haben, Großmutter?"

„Ach, du Armes — hier kommst du nicht durch. Hier hat der Wind alles mit Sand zugeweht. Du mußt außen herumfahren. Oh, und wie müde du bist und so verbrannt! Warte, ich will dir etwas Irjan[1] holen."

[1] Irjan — erfrischendes Getränk aus saurer Milch, mit Wasser verdünnt

Die Alte war schon im Haus verschwunden und brachte bald einen Becher mit Irjan heraus. Nastja trank und dankte der Alten. „Ich muß zu unserm nächsten Waldstreifen, um ihn mir anzusehen."
„Wollt ihr denn wirklich mit diesem Wald die schrecklichen Winde bezwingen, meine Kleine?" fragte die Alte und bewegte den zahnlosen Mund noch weiter, obwohl sie gar nicht mehr sprach. „Kann man denn einem Wald befehlen, wie er zu wachsen hat? Seit Urzeiten tut das der Wald nach seinem eigenen Willen. Der läßt sich doch nicht zwingen, Kindchen!"
Da sprudelte Nastja auch schon die Antwort heraus: „Doch, Großmutter. Wir dürfen nur nicht auf Geschenke der Natur warten!"
„Es muß unsere Aufgabe sein, sie uns zu erzwingen!" ergänzte prompt die Alte.
Sprachlos vor Erstaunen starrte Nastja die Frau an, doch die lachte nur heiser, und unter den braunen Runzeln funkelten ihre Augen übermütig. „Daß ich schon neunzig Jahre alt bin, hat nichts zu sagen, meine Liebe, das Gedächtnis ist noch gut! Neulich kam mein Urenkelchen aus der Schule und sagte: ‚Großmütterchen, wir dürfen nicht auf die Geschenke der Natur warten!' Das weiß doch heute schon alt und jung!"
Plötzlich streckte die Alte wie beschwörend ihre Hände vor. „Gott steh uns bei!" flüsterte sie. Nastja wandte sich um und sah, wie sich eine schwarze riesige Säule von Staub auf dem Weg heranwälzte.
Die Alte kreischte auf: „Bück dich!" und verschwand auch schon hinter dem Hoftor.

Wie eine Schlange, zischend und schwarz qualmend, tanzte die Sandhose eine Weile auf der Stelle und stürzte nach kurzem Zögern wild kreischend in die Steppe hinaus, wand und schraubte sich geschwind zum Himmel empor und zerfiel dann. Ringsumher war alles mit Staub bedeckt. Noch eine zweite Staubwolke wirbelte hoch und verschwand in der Weite der winddurchsausten Steppe.
Nastja mußte plötzlich daran denken, daß sie als Kind geglaubt hatte: wenn man ein Messer durch solch eine wirbelnde Wolke wirft, fällt es blutig zu Boden.

13

Nastja hatte nun fast den „Schulstreifen" erreicht. Seit dem vergangenen Sommer war sie nicht mehr hier gewesen; denn im Herbst und Frühjahr hatten sie viele neue Pflanzungen angelegt, und die heranwachsenden Streifen mußten gepflegt werden. Gespannt näherte sie sich nun diesem Streifen. Ob wohl jemand den jungen Bäumen Gewalt angetan hatte? Schnitt sich hier etwa einer das Holz für seine Wagendeichsel und glaubte zu billigem Material zu kommen?
Weich schlugen die Äste einer gelben Akazie an die Karrenwände. Nastja sprang von dem Wägelchen und band das Pferdchen an. Dann trat sie einige Schritte zurück und überflog mit dem stolzen Blick des Besitzers die dichte grüne Wand, die sich vor ihren Augen erhob. Geschmeidige schlanke Birken wuchsen hier, und darunter breiteten sich in deutlich erkennbarer Reihe die Wipfel der Füll-

arten aus: Obstbäume, Eschen und Ahorne. Noch tiefer unten füllte das Gebüsch alle Lücken aus.
Hier kann man die einzelnen Abstufungen schon deutlich erkennen, dachte Nastja zufrieden.
Ein heftiger Windstoß rannte gegen die grüne Wand an, stürzte sich zuerst auf das Gebüsch und wand sich, weil er Widerstand spürte, rauschend am Laub empor. Dann brauste er, von immer neuen Stürmen getrieben, über das grüne Hindernis hinweg und hatte dabei schon einen großen Teil seiner Kraft eingebüßt. An der Windseite sah das Laub der Büsche und Bäume zerzaust und zerdrückt aus; eine dichte Staubschicht lag darauf. Die Bäume des Waldrandes standen wie ein geschlossenes Ganzes gegen den feindlichen Angriff und hielten dem erbitterten Ansturm heldenhaft stand.
Nastja schob ein Akaziengebüsch auseinander und betrat das grüne schattige Reich.
Draußen tobte noch der sausende Wind über die Steppe. Hier aber herrschte wunderbare und wohltuende Stille. Nastja drängte sich durch die Zweige und ging an den Baumreihen entlang. Sie empfand deutlich, daß hier eine ganz andere, feuchtere Luft wehte, die voll ungewohnter Düfte war. Es roch würzig nach Walderde und Pilzen.
Nastja suchte die Selbstaussaaten. Aus dem im Gegensatz zum Steppengras so andersartigen Waldgras sprossen Blätter der gelben Akazie hervor, obwohl sie doch niemand hier angesät hatte. An anderer Stelle stand eine ganze Kulisse von winzigen Tatarenahornen mit den ovalen gezahnten Blättern an fadendünnen Stengeln. Und da — diese hellgrünen gefiederten Sprößlinge! Und

wie viele. — Hier hatte sich der amerikanische Ahorn selbst vermehrt. Dort wuchs ein winziges wildes Apfelbäumchen, und da eine Birne!

Nastja ging und staunte, bückte sich hier und da und bog die Zweige auseinander. Sie wollte so gern eine eigene Aussaat der Birke finden, doch nirgends konnte sie kleine Birken entdecken. Falls ihre Samen es überhaupt zum Keimen gebracht hatten, waren ihre zarten Triebe wahrscheinlich im Frühjahr von der Sonne verbrannt und durch die Nachtfröste vernichtet worden.

Irgendwo sang ein kleiner Vogel, der sich hier ein Nest gebaut hatte. Nastja hob den Kopf und lauschte. Dabei entdeckte sie das dichte grüne Zeltdach, das sich über ihr wölbte. Die im Wind schwankenden und rauschenden Äste waren sich bereits so nahe gekommen, daß der Himmel kaum noch durch das Geäst zu sehen war.

„Die Kronen haben sich zusammengeschlossen!" flüsterte Nastja beglückt und mußte dieses üppige grüne Dickicht immer wieder betrachten. Wie sehr hatte sie doch gehofft, diesen wunderbaren Augenblick eines Tages wirklich zu erleben! Nun konnte sie sich auch den herrlichen Duft, diese feuchte liebkosende Luft und die Kühle erklären; das Blätterdach ließ keine schwüle und staubige Luft herein. Der Schutzwaldstreifen begann sein eigenes Leben. Das „Waldleben" hatte seine Herrschaft angetreten.

Nastja mußte sich nun bemühen, das Leben dieses „neuen Waldes" zu verstehen. Die Kronen hatten sich zusammengeschlossen, und damit veränderten sich die wechselseitigen Beziehungen der Bäume zueinander. Es war einfach zu sagen: „Der Wald wächst." Aber wußte man damit schon um den ständigen Kampf, kannte man das Ringen der einzelnen Bäume?

Nastja betrachtete aufmerksam eine Birke, die aus dem Dickicht dunkler gefiederter Ahornzweige ihren Stamm ungestüm emporhob. Wie mit weißer Seide umwickelt sah das Bäumchen aus. Nastja konnte sich an diese Birke noch gut erinnern; sie dachte an die ersten Tage dieses kleinen Dinges, als es noch schwächlich war und der Ahorn üppig darüber wucherte.

Wie listig die kleine Birke gegen den Ahorn vorgegangen ist, mußte Nastja denken. Damals schien sie zu sagen: „He, du, mit deinen breiten Blättern, ich komme dir nicht ins Gehege — aber dafür mußt du mich vor der Sonnenglut und den Nachtfrösten schützen!" Später, als einige Jahre vergangen waren, mochte die Birke gesagt haben: „So, jetzt brauche ich dich nicht mehr, hier oben kannst du mich nicht mehr einholen!" Und dann strebte sie dem Licht und der Sonne entgegen und stahl dem armen Ahorn schließlich für immer jeden Sonnenstrahl.

Nastja ging noch tiefer in den Wald hinein. Damals hatten sie die verschiedenen Arten der Bäume geschickt zusammengestellt. Nun traten alle die Eigenarten klar und deutlich hervor, die Nastja durch Pjotrs Schulungen und Vorträge sowie in den Lehrgängen kennengelernt hatte. Nun ging sie hier entlang, und es kam ihr vor, als lese sie Seite um Seite eines spannenden Buches.

Die sogenannten „Hilfsarten", die Spitzahorne, Ulmen und Obstbäume, ließen nun die „Hauptarten", die Eichen und Birken, auf dem Weg zur Sonne vorangehen und blieben im Schatten ihrer Äste zurück, nachdem sie ihnen in den ersten Jahren gedient und die Möglichkeit zu schnellem Wachsen geboten hatten. Hier hatte sich eine üppige Eiche weit über den Ahorn erhoben, der zurückgeblieben war und mit seinen breiten Blättern liebevoll und zärtlich ihren Stamm einhüllte. Der Schatten machte ihm anscheinend nichts mehr aus, obgleich er die Sonne ebenso liebte wie die Eiche. Er war aber der geduldigste und gütigste unter seinen Nachbarn. Ergeben nahm er den Schatten hin und schmorte auch, wenn es sein mußte, geduldig in der prallen Sonne. Nastja hatte ihn am liebsten, weil er fügsam war und dabei doch so schön aussah.

Noch nachgiebiger war der Tatarenahorn mit den ovalen Blättern, der im Schatten und auf jedem Boden gedieh. Er machte der Eiche, der Birke und seinem Bruder Spitzahorn ohne Widerstand Platz, während er selbst weit zurückblieb.

In gleicher Höhe mit dem Spitzahorn wuchs die Ulme. Dicht aneinandergeschmiegt bevölkerten diese beiden Sorten den mittleren Absatz unter dem Dach der Eichen und Birken.

Nastja befühlte ein Blättchen der Ulme und dachte an Pjotrs Erklärung: „Solche weichen, mit Härchen bedeckten Blätter haben die Bäume, die Schatten vertragen. Die Blätter der lichtliebenden Arten — der Eichen und Birken — sind ganz anders, hart und glänzend. So kann man allein an den Blättern die Art eines Baumes erkennen."

Da standen die Eschen mit den rauhen kühlen, wie lackiert aussehenden Stämmen und ihrem hellgrünen gefiederten Laub. Nastja mochte sie nicht, weil sie nur das Bestreben hatten, andere zu unterdrücken. Sie brauchten die meiste

Pflege, diese Gierigsten und Eigensinnigsten der Bäume. Wieviel Mühe hatte es gekostet, sie großzuziehen! Als ganz kleine Bäumchen mußte man sie in der Baumschule vor den Nachtfrösten und der Sonne schützen. Dann aber begannen sie nach der Sonne zu streben, und zwar so schnell, daß sie mitunter sogar die Birken einholten. Während sich die Birke nicht unterkriegen ließ, mußte die Eiche dagegen sorgfältig vor den Eigenmächtigkeiten der Esche geschützt werden. Die Eiche wuchs langsam, und sie konnte es nun mal nicht leiden, wenn ihr der Weg zur Sonne durch Blättergewirr verdeckt wurde. Man mußte ihr zu Hilfe kommen und die Äste dieses frechen Nachbarn abhacken. „Lichten“ nannte man das. Auf ihrem Weg durch den Waldstreifen bemerkte Nastja schon von weitem eine Esche, die ihre buschigen Äste über den flachen Wipfel einer Eiche streckte und notierte sich gleich: „Eschenzweige lichten.“

Inmitten der Selbstaussaat des amerikanischen Ahorns drängte sich ein kleiner Preiselbeerstrauch hervor und trug schon leicht gerötete Früchte.

Wie fein, bald wird es hier Preiselbeeren geben, dachte Nastja erfreut.

Und da ist ja auch eine Erdbeere mit ihren samtweichen Blättern und weißen Blütensternchen! Wo ist das alles nur hergekommen? Wie konnte das entstehen? Das hat der Wald ganz allein hervorgebracht! Das also bedeuteten die Worte: „Wenn sich die Kronen zusammengeschlossen haben!“

Plötzlich stieß Nastja mit der Fußspitze an ein Hügelchen unter einer Birke, das sich durch moderndes Laub hindurch in die Höhe schob. Sie tastete es ab; es fühlte sich hart und kühl an, wie Samt. Das war ja ein Pilz! Vorsichtig schob Nastja das dürre Laub zur Seite und bewunderte entzückt den ersten Pilz in ihrem Schutzwaldstreifen. Wie er hieß, wußte sie nicht, weil sie ja gar keine Pilze kannte. Ihr wurde in diesem Augenblick nur eins klar: in der Steppe wächst ein richtiger Wald heran, in dem es sogar Pilze gibt!

Wenn die Gruppenleiterinnen der Waldanbaugruppen verschiedener Kolchose bei den Lehrgängen zusammenkamen, war ihre erste Frage:

„Habt ihr schon Pilze?“ Das war nämlich der Gipfel aller Träume. In dem Gebiet der Sotower MTS hatte bisher noch keiner Pilze gefunden.

„Habt i h r Pilze?“ würde man wieder fragen.

„Jawohl!“ konnte dann Nastja in diesem Winter den sicherlich neidischen Lehrgangsteilnehmerinnen antworten.

Das Vorhandensein von Pilzen bedeutete, daß man sich um diesen Waldstreifen bereits keine Sorge mehr zu machen brauchte. Er ließ das Steppenunkraut nun nicht mehr in sein Gebiet eindringen. Er wehrte sich selbst gegen die Steppe. Zuverlässig würde er auch die Äcker vor dem Dörrwind schützen.

Die Bäume dieses Waldstreifens — erprobte Kämpfer gegen den vernichtenden Wind — würden nun auch gegen die ganze Macht des Windes standhalten können. Aber innerhalb des Streifens würden die Bäume ihr eigenes Waldleben beginnen. Sie würden im Boden Feuchtigkeit ansammeln und Ernten gewährleisten, wie man sie bisher noch nicht gekannt hatte. Sie würden die Feuchtigkeit der Luft erhöhen und dadurch mit den anderen Schutzwaldstreifen gemeinsam ein mildes und weiches Klima schaffen, das völlig neu für die Trockensteppe sein würde.

14

In diese glücklichen Gedanken vertieft, ging Nastja an dem Schutzwaldstreifen entlang und betrachtete aufmerksam jeden einzelnen Baum. Um an das Ende des Waldstreifens zu gelangen, mußte sie noch einen halben Kilometer gehen. Plötzlich fiel ihr weiter vorn eine Lichtung auf. Beunruhigt und mit klopfendem Herzen ging sie schneller, und ihre Augen sahen etwas Schreckliches:

Etwa fünfzehn Meter des Waldstreifens waren völlig verwüstet und die Gebüsche flachgetreten. Von den Bäumen hatte jemand Äste herausgebrochen, die schwächeren Bäumchen lagen entwurzelt da, und von anderen war die Rinde abgerissen worden. Alle Bäumchen verdorrten nun und starben ab.

In die Bresche, die sich durch diesen Frevel in der Waldanpflanzung gebildet hatte, drang wütend der Wind ein, jagte heulend über die verwüstete Fläche hinweg und tobte wirbelnd über den hilflos flach am Boden liegenden Weizen.

Nastja setzte sich auf die Erde nieder und weinte bitterlich. Sie dachte daran, wie sie hier als Schulkinder jedes Bäumchen gepflegt hatten, welche Schwierigkeiten sie überwinden mußten, ehe dieser Waldstreifen endlich herangewachsen war. Bei diesen Gedanken verstärkte sich ihr Kummer nur noch mehr, und die Tränen flossen unaufhörlich.

In große Staubwolken gehüllt, war unterdessen hinter der Bodenwelle eine Herde aufgetaucht.

Die ersten Kühe liefen, als seien sie es gewöhnt, auf die verwüstete Waldparzelle zu, und dann strömte die ganze Herde, dicht aneinander gedrängt, in den Waldstreifen hinein. Träge fraßen die Tiere einige übriggebliebene Blätter von den Zweigen, die ihnen gerade vor die Mäuler kamen.

Nastja sprang auf. Eine Weile starrte sie noch auf dieses fürchterliche Schauspiel. Sie war vorerst unfähig, auch nur ein einziges Wort herauszubringen, und alles kam ihr wie ein schrecklicher Traum vor.

Es war eine große Herde, die durch den Waldstreifen stampfte. Noch nie hatte Nastja so wohlgenährte Kühe mit solch glänzendem Fell gesehen. In der Luft hing süßlicher Milchgeruch, und die Hirtenjungen trieben mit Geschrei und Peitschenknallen die Kühe weiter.

Plötzlich tauchte der Hirt selbst auf. Er war hochgewachsen und ging leicht vorgebeugt. Die nachschleifende Peitsche hatte er unter den Arm geklemmt und drehte sich eine Zigarette.

Da kam Nastja wieder zur Besinnung. Sie lief auf den Hirten zu, nahm ihre ganze Kraft zusammen und schrie mit hocherhobenen Fäusten:

„Verflucht sollst du sein mit deinen Kühen! Sieh doch, was du angerichtet hast, du entsetzlicher Mensch!"

Wie angewurzelt blieb der Hirt stehen. Aus seiner geöffneten Hand rieselte der Tabak zu Boden. Sein Gesicht lief rot an, aber er sagte noch kein Wort.

Gellend schrie einer der Hirtenjungen: „Wo — hin?" und knallte mit der Peitsche. Es klang, als wäre ein Schuß gefallen.

Durch das Schweigen des Hirten noch mehr gereizt, überschüttete Nastja ihn mit erbitterten Schimpfworten:

„Verdammter Nichtskönner! Hirt bleibt eben Hirt! Barbar! Bäumchen für Bäumchen haben wir in diesem Streifen hochgezogen, und dann kommt so einer wie du, so ein Wilder, und macht alles kaputt!"

Die Kühe drängten sich durch das Dickicht und umgingen lässig Nastja und den Hirten. Die Gebüsche knackten.

„Was schreist du mich denn so an?" stieß der Hirt leise hervor. In seinem Gesicht zuckten alle Muskeln. „Mit mir verglichen, bist du nur ein kleines Mädchen! Wer gibt dir das Recht, mich so anzuschreien?" Dann fügte er noch leiser mit zusammengepreßten Zähnen hinzu:

„Im alten Rußland galt ‚Hirt' als Schimpfwort, weil er nichts weiter zu tun hatte, als mit der Peitsche zu knallen und darauf zu achten, daß die Kühe nicht auseinanderliefen. Ich aber bin ein ‚verdienter Hirt'! Mit welchem Recht schimpfst du mich einen Nichtskönner und Wilden?"

„Die Hirten von früher habe ich nie gesehen. Was ich jetzt aber sehe, ist, daß Sie meinen Waldstreifen vernichtet haben!" redete Nastja weiter, durch die Worte des Hirten und sein selbstverständliches Auftreten doch ein wenig beeindruckt. „Wenn Sie ein verdienter Hirt sind, dann ist das, was Sie hier tun, um so schlimmer. Ohne die Gedankenlosigkeit von solchen ‚verdienten Hirten' wäre ich vielleicht schon längst verdiente Gruppenleiterin geworden", sagte Nastja schluchzend, bemühte sich aber gleich wieder, ihre Tränen zurückzuhalten.

„Sieh doch mal", sie faßte den Hirten am Ärmel und zog ihn zur Mitte des Waldstreifens, wo die frischen, gesunden Bäume in der friedlichen Stille einen schönen Anblick boten. „Wie man ein Kind pflegt, so haben wir jeden einzelnen Baum behandelt. Und so ist ein Wald daraus geworden! Und was habt ihr nun gemacht?" Mit diesen Worten stieß sie den Hirten in die Richtung der von dem Vieh ausgetretenen Lichtung.

Der Hirt machte nun doch ein betroffenes Gesicht. Um den Weg der Herde zu kürzen, hatte er im Frühjahr diese Richtung gewählt und dabei lediglich an die Vorteile seiner Herde gedacht. Das Wohlergehen der Tiere erschien ihm wichtiger als alles andere. Es war ihm auch gelungen, den Weg um mehr als zwei Kilometer abzukürzen, und er sah das als große Errungenschaft an.

Nastja blickte den plötzlich so still gewordenen Hirten an, und es kam ihr so vor, als habe sie sein Gesicht schon einmal irgendwo gesehen. Diese halb von den Lidern verdeckten, tief in den Augenhöhlen liegenden Augen mit dem hochmütigen und etwas spöttischen Blick, dieses glattrasierte Gesicht mit dem schwarzen, wie eine Bürste aussehenden Schnurrbart über dem großen Mund, wo hatte sie dies Gesicht nur gesehen?

Der Hirt trug einen sauberen Mantel aus Zelttuch. Seine Sandalen waren verstaubt, und auch auf seinem schräggekämmten kastanienbraunen Haar lag eine dichte Staubschicht. Der Wind pfiff ihm mitten ins Gesicht, aber er wandte sich nicht ab, sondern betrachtete eine Zeitlang die verwüstete Waldparzelle.

„Wie heißen Sie denn?“ fragte Nastja in strengem Ton.

„Iwan Petrowitsch Terjochin.“

Ach, natürlich — nun erinnerte sich Nastja an das Zeitungsblatt mit dem Bild des verdienten Hirten vom Kolchos der Krasnower MTS. Ein Mitschurin-Schüler und Neuerer! Nun fielen ihr auch Einzelheiten aus dem Zeitungsartikel ein: er hat die Kühe seiner Herde sowie ihr Verlangen nach bestimmten Weiden, auch die Weiden selbst untersucht und ein besonderes Weidesystem gefunden. Er kennt die verschiedenen Gräser, er weiß, wo sie wachsen und welche den Kühen besonders bekömmlich sind. So hat er die Milcherträge beträchtlich gesteigert.

„So — so“, sagte Nastja nach diesen Gedanken gedehnt und blickte zu Boden. „Ihr Name hat also in der Zeitung gestanden. Nun ja, Iwan Petrowitsch, im Vergleich zu Ihnen sind unsere Sotower Hirten nur einfache Leute; aber schlimmere Einfälle als Sie könnten die kaum haben.“

„Teufel auch — die Schutzwaldstreifen ...“ murmelte Terjochin völlig niedergeschlagen. „In unserer MTS sind sie ganz mit Steppenunkraut überwuchert und verkümmern. Die Leute glauben nicht an sie, haben es auch gar nicht gelernt, daran zu glauben!“

„Woher soll denn der Glaube kommen, wenn alles niedergetreten wird?“ vollendete Nastja seinen Gedankengang. „Euer Direktor hat sich erst heute darüber beklagt.“

Die Herde war inzwischen vorübergezogen. Man konnte den Ruf der Hirtenjungen hören, die das Vieh zusammentrieben. Ein etwa zwölfjähriger Junge, mit vor Staunen geöffnetem Mund, stand in der Nähe und hörte zu, was Nastja und Terjochin sprachen. Der Kleine trug eine Schilfleinenjacke.

„Ihrem Hirtenjungen bringen Sie die gleiche Einstellung zu den Schutzwaldstreifen bei", begann Nastja heftig von neuem, mit einem Blick auf den Jungen.

„Das ist kein Hirtenjunge, sondern mein Praktikant!" stellte der Hirt in scharfem Ton richtig.

„Müssen wir den Schaden bezahlen, Onkel Iwan?" erkundigte sich der „Praktikant" lebhaft.

„Halt den Mund! Steck deine Nase nicht überall rein!" fuhr Terjochin ihn an. Er zögerte noch immer mit dem Weggehen, weil er nicht recht wußte, wie er das peinliche Gespräch mit Nastja beenden sollte.

„Die Krasnower MTS wird eine Lehrfahrt zu uns veranstalten, um unsere Schutzwaldstreifen zu besichtigen, und nun stellt es sich heraus, daß der verdiente Krasnower Hirt den schönsten Waldstreifen beschädigt hat!" sprach Nastja erbittert weiter.

„Hör mal, wir wollen das unter uns so ausmachen: im Herbst pflanze ich alles selbst wieder nach, und zwar aus meinem eigenen Garten", sagte Terjochin langsam, mit gepreßter Stimme. Er schämte sich, Nastja anzusehen. „Ich werde Ableger von Birnbäumen, Apfelbäumen und Kirschen dafür vorbereiten, und überhaupt . . ."

„Gemacht! Und wir pflanzen das in der Nacht an, Onkel Iwan", erklärte der „Praktikant" verwegen und beobachtete dabei das Mienenspiel des Hirten. „Es wäre peinlich, wenn uns unsere Leute am Tag dabei sehen würden."

Terjochin ging rasch davon, um seine Herde einzuholen. Der „Praktikant" indessen streckte Nastja seine kleine derbe, ungelenke Hand hin und rannte springend und hüpfend hinter dem großen, weit ausschreitenden Hirten her.
Bald darauf waren beide hinter einer aufwirbelnden Staubwolke verschwunden.

15

Es war schon Abend, als Nastja zu ihrer Gruppe zurückkam. Der Wind stürmte mit unverminderter Kraft weiter, sogar in der Nacht. Im Westen wurden die Schleier des aufsteigenden Nebels von der untergehenden Sonne blutrot gefärbt. Im Osten dagegen täuschte der Himmel, vom Staub verhüllt, regnerische Trübe vor.
Als Sina Nastjas Wägelchen bemerkte, hieß sie alle, die Arbeit beenden. Mädchen und Jungen, sonnverbrannt und windgebräunt, kamen nun mit ihren Hacken aus dem Dickicht des Waldstreifens heraus, wo sie den Boden aufgelockert hatten.
„Bist du bei dem ‚Schulstreifen' gewesen?" war die erste Frage.
Besonders gespannt fragten alle diejenigen aus der Gruppe, die seit ihrer Schulzeit geholfen hatten, diesen Streifen großzuziehen: der wuschelköpfige Wanja in dem etwas zu knappen Jäckchen, die schlanke Pascha, die flink wie ein Bächlein war, Dussja, die kleine lachlustige und sanges-

frohe, die bei der Arbeit so unermüdlich war — und Kilja, Roma, Goga, Schura, Wowa, Maja — sie alle umringten nun Nastja.

Sie waren früher Nastjas Schulkameraden und nun ihre Komsomolgenossen, und obwohl sie sich nur einen Tag lang nicht gesehen hatten, war es Nastja, als kehre sie von einer langen Reise zurück. Katerina und Feodossja, die älteren aus der Gruppe, kamen ebenfalls herbeigeeilt und wischten sich mit dem Zipfel ihres Kopftuches über die verstaubten Augen.

Jedesmal nach einer Kontrollfahrt wurde Nastja so empfangen, kam sie doch von der Besichtigung ihrer gemeinsamen Arbeit, und jeder wollte etwas darüber erfahren.

„Wie steht's mit unserm jungen namenlosen Geschlecht?" rief Wanja und setzte sich die verstaubte Mütze fester auf.

Nastja holte ihren Notizblock aus der Aktentasche und berichtete alles, was sie in den Schutzwaldstreifen gesehen hatte, nur von dem Schaden im Schulstreifen schwieg sie, um die jungen Leute nicht zu beunruhigen.

Anschließend besprachen sie die nächsten dringendsten Arbeiten.

Sina befahl, das gesamte Werkzeug in den Karren zu legen. Sie war flink und griff wie immer selbst mit zu, obwohl ihr Wind und Staub arg zusetzten.

Über die vom Abendlicht beschienene Steppe ging die ganze Gruppe ins Dorf zurück.

Unterwegs blieb Nastja mit Sina hinter den anderen etwas zurück und berichtete nun von dem Krasnower Hirten und dem Schaden, den er angerichtet hatte.

Tränen stürzten aus Sinas Augen. „Und du — hast nichts weiter getan, als ihm eine Propagandarede gehalten! Ich kenne dich doch!“ brachte Sina weinend hervor. „Ich hätte ihn in Stücke gerissen, diesen Lumpen! Wir müssen einen Bericht abfassen.“

Nastja erzählte nun auch weiter, was der Hirt versprochen hatte.

„Na, dann nimm dich nur in acht!“ Drohend machte Sina eine Faust in Richtung der Krasnower MTS. „Wenn er aber nicht aufforstet, werde ich ihn vor der ganzen Union blamieren! Ich werde dann eine Notiz in die Zeitung setzen lassen. Er soll sich noch wundern!“

Der Dörrwind ließ erst nach, als der Herbst bereits begann. Die Waldanbaugruppen hätten eigentlich einiges nachpflanzen müssen, doch die einsetzenden Regenfälle ließen das nicht zu, und so ging kostbare Zeit verloren. Der Regen verzögerte auch das Umpflügen der Brache, das den Boden für die Anpflanzung im kommenden Frühjahr vorbereiten sollte. Um die Tage nicht nutzlos zu verbringen, ließ Nastja Schilfrohrgestelle flechten, die den Schnee vor den jungen Anpflanzungen auffangen sollten. Dreihundert solche Gestelle flochten sie und stapelten sie unter einem Schuppendach auf, wo im Sommer meistens das Getreide geworfelt wurde. Die beiden Wächter, die sich abwechselten, waren Großvater Ustin und Großvater Foma, zwei alte Fischer. Sie trugen ihre zerrauften Kosakenmützen aus der Zeit des Ersten Imperialistischen Krieges und schworen Nastja, die Gestelle vor den Brigadieren der Ackerbaubrigade zu hüten, die sie gewiß gern haben wollten. Sie versprachen, sofort Nachricht zu geben, wenn etwas vorfallen sollte.

Nastja hatte auf einer Versammlung der Kolchosverwaltung die Frage einer Hasentreibjagd aufgeworfen, da die Hasen nach wie vor die jungen Bäume benagten. Mit der Erledigung dieser Frage ließ man sich jedoch von einer Sitzung zur anderen Zeit. Nastja hatte schon gemeint, Kusma Awdeitsch spiele mit ihrer Gruppe „Verstecken". Aber schließlich waren sie doch keine kleinen Kinder mehr!

Um die Komsomolpatenschaft über die Waldanpflanzungen zu prüfen, berief Jascha eine geschlossene Komsomolversammlung ein.

In Moskau war zu dieser Zeit die Tagung der Landwirtschaftlichen Lenin-Akademie beendet worden, auf der Lyssenko einen Vortrag über die Lage in der Biologie gehalten hatte.

Pjotr Wassiljewitsch kam zur Komsomolsitzung und berichtete über die Themen, die man auf der Tagung besprochen hatte. Er erzählte ferner von den Weismannisten und den Morganisten, die verkündet hatten, der Mensch sei nicht imstande, zu einer Erkenntnis der Natur zu gelangen und noch viel weniger dazu, das Naturgeschehen zu verändern. Er faßte kurz zusammen, was russische Gelehrte von der Größe eines Timirjasew, Wiljams, Mitschurin und Lyssenko in bezug auf die Erkenntnis und Umgestaltung der Natur erstrebt und auch tatsächlich bewiesen hatten.

„Wir erzwingen uns die Geschenke von der Natur, wir erobern sie uns im Kampf!" fuhr Pjotr Wassiljewitsch fort und blickte mit glänzenden Augen auf seine Zuhörer ...

Die Versammlung fand im Agronomiezimmer des Klubhauses statt. Zeichnungen von der Saatfolge auf den Feldern des Kolchos „Der helle Weg“ zierten die Wände. Verschiedene Kurven und die Bildnisse berühmter Biologen vervollständigten den Wandschmuck. Jascha war wegen der Anschaffung dieser Bilder damals in die Gebietshauptstadt gefahren und betrachtete sie nun mit leicht zugekniffenen Augen von seinem Präsidiumsplatz aus. Pjotr Wassiljewitsch nannte inzwischen die Namen der Gelehrten.

Wie das Summen eines Mückenschwarms mutete das Balalaikaspiel an, das gedämpft aus einem der Nebenzimmer herüberklang. Wahrscheinlich übte dort irgendwo ein Schüler. Vor den Fenstern verging allmählich die herbstliche Abendröte, nur ein kupferroter Feuerschein drang noch einmal durch die Falten einiger zartlila Wolken.

Als Pjotr Wassiljewitsch seine Rede beendet hatte, stand Jascha auf, klopfte an die Wasserflasche und sagte:

„Die beste Antwort unserer Versammlung an die Leute wäre, sie in den Kolchos ‚Der helle Weg‘ einzuladen, damit sie sich selbst davon überzeugen könnten, daß wir hier nicht nach ihren Grundsätzen handeln, sondern, daß die Jugend und auch die Kolchosbauern vielmehr nach den Grundsätzen der Kommunistischen Partei und den Vermächtnissen ihrer großen Gelehrten und Patrioten wie Timinjasew, Mitschurin, Lyssenko und Wiljams leben und schaffen!“

Sina spendete diesen Worten als erste Beifall, und die ganze Versammlung schloß sich ihr an.

„Und jetzt“, fuhr Jascha fort, „wollen wir zu den laufenden Fragen übergehen!“

Eine dieser Fragen behandelte das Umpflügen der Brache für den Schutzwaldstreifen. Bei der MTS hatte man den Traktor für diese Arbeit bereits eingeplant, aber bisher war es nicht möglich gewesen, ihn tatsächlich zu bekommen.

Irgend jemand ließ verlauten, der Chefagronom sei eben erst im Kolchosbüro gewesen.

„Dann ladet ihn doch bitte gleich zu unserer Versammlung ein!“ schlug Pjotr Wassiljewitsch vor. „Nastja, sei so gut!“

Nastja lief zum Büro hinüber, wo der Personenwagen noch vor dem Eingang stand.

„Pjotr Wassiljewitsch lädt Sie zu einer geschlossenen Komsomolversammlung ein!“ sprudelte Nastja, noch ganz außer Atem, heraus. Sie war einfach in das Büro gerannt, in dem Pestrak mit dem Vorsitzenden und den Brigadieren irgend etwas besprach.

Der Chefagronom hörte sich Nastjas Einladung an — sie hatte das bestimmte Gefühl, daß er sie wieder einmal nicht erkannt hatte — legte die Hand aufs Herz und versprach hoch und heilig, daß er gleich kommen werde.

Wenige Minuten später betrat er auch schon den Versammlungsraum, legte wieder die Hand auf seine linke Brustseite und machte eine Verbeugung.

„Juli Rostislawowitsch“, wandte sich der Forstmeister an ihn, „wir besprechen eben eine Frage, die auch Sie angeht. Es handelt sich nämlich um das Umpflügen der Brache für den Schutzwaldstreifen. Ich möchte Sie bitten, sich hier auf der Versammlung darüber zu äußern!“

Der Chefagronom nickte zustimmend und setzte sich auf einen freien Platz in der letzten Reihe, neben Dussja, die ein erschrockenes Gesicht machte. Dann wurde sie rot, wechselte einen vielsagenden Blick mit Sina und mußte sich das Lachen verbeißen.

Jascha klopfte mit dem Bleistift an die Wasserflasche. Anscheinend hatte er bemerkt, daß es unruhig wurde. Nichts entging ihm.

Pjotr Wassiljewitsch sprach über den Wert des Brachlandpflügens und die falsche Einstellung einiger Traktoristen zur Technik der Waldanpflanzungen, von den zukünftigen Plänen und den nächstliegenden Aufgaben dieses Vorhabens und vergaß auch nicht zu erwähnen, daß der Traktor für das Brachlandumpflügen bis heute noch nicht zur Verfügung gestellt worden war.

Inzwischen hatte der Chefagronom sein Notizbuch hervorgezogen und begonnen, lange Reihen hineinzuschreiben. Nastja drehte sich um und beobachtete hartnäckig jede seiner Bewegungen, obwohl ihr sein Anblick nach wie vor lästig und sogar unangenehm war.

Er bereitet seine Rede vor, stellte sie in Gedanken fest. Jascha erteilte ihm nun das Wort. „Zu dem entsprechenden Punkt der Tagesordnung“, fügte er hinzu.

Pestrak strich sich über das dürftige Haar, das seine Glatze verdecken sollte, und ging nach vorn.

Er begann, von der großen Bedeutung des Waldes für die Steppe zu sprechen, und führte dann Beispiele aus der „Steinigen Steppe“ an. Ferner erzählte er sehr anschaulich von Dokutschajews wissenschaftlicher Expedition im Jahre 1893, entwarf ein großartiges Bild von den schwarzen

Sandstürmen, zitierte die verschiedensten Schriftsteller und begann dann zu schildern, wie der Kreis um die Sotower MTS in der nächsten Zukunft aussehen würde, wenn erst an allen Feldern, auf allen Sandflächen und Wasserscheiden die Waldanpflanzungen zu hundert Prozent verwirklicht sein und überall Teiche und Stauseen schimmern würden.

„Oh Hilfe! Mädchen, ich kann nicht mehr“, flüsterte Sina gelangweilt. „Wo bleibt denn ‚der entsprechende Punkt der Tagesordnung‘?“

„Pss—t!“ mahnte Jascha sofort. Beunruhigt hatte er die Versammlung nicht aus den Augen gelassen.

Pestraks Vortrag war nichts weiter als eine Wiederholung seines eigenen Artikels, der vor kurzem in einer Gebietszeitung gestanden hatte. Und das schlimmste war, daß alles, was er hier als nächste Zukunft schilderte, in dem Artikel als etwas bereits Gegenwärtiges bezeichnet worden war. Und dieser Artikel war erst gestern erschienen! Pjotr Wassiljewitsch hatte sich vorgenommen, mit Pestrak darüber zu sprechen, daß eine derartig falsche Darstellung nicht zu verantworten sei. Den Kopf über ein Blatt Papier gebeugt, hörte er nun mit düsterem Blick zu. Er wollte es vor den Komsomolzen nicht zu einer Auseinandersetzung mit dem Chefagronomen kommen lassen und machte sich heftige Vorwürfe, Pestrak das Wort erteilt und ihn überhaupt zu der Sitzung eingeladen zu haben. Während er den selbstherrlichen Ausführungen lauschte, sah er den aufgeregten Gesichtern der Komsomolzen an, daß es unweigerlich zu einem Skandal kommen würde.

Nach der Rede des Chefagronomen bat Sina um das Wort: „Wenn man schon etwas schreibt, dann muß es auch die Wahrheit sein", sagte sie laut und schlug dabei mit der Hand auf den Tisch. „Wie konnten Sie es mit Ihrem Gewissen vereinbaren, zu schreiben, daß bei uns alle Felder und Senken zu hundert Prozent mit den Schutzwaldstreifen bepflanzt sind!? Als wir diese unwahren Worte gelesen haben, schämten wir uns — und für Sie mit."

Jascha klopfte mit dem Bleistift an die Wasserflasche.

„War es etwa nicht so?" wandte sich Sina wütend an Jascha. „Du brauchst übrigens nicht mehr zu klopfen! Ich bin fertig!" erklärte sie und ging stolz mit hoch erhobenem Kopf auf ihren Platz zurück.

„Das bedeutet noch lange nichts Schlechtes! Man muß doch seine Arbeit ins rechte Licht zu setzen verstehen!" Mit einem dünnen Lachen versuchte der Chefagronom, die Zustimmung von Pjotr Wassiljewitsch zu erhalten. „Ich habe euch Begeisterung für eure Arbeit einflößen wollen und habe sie deshalb als bereits erfüllt und als Wirklichkeit hingestellt!"

Pjotr Wassiljewitsch stand auf: „Wissen Sie, Genosse Pestrak", begann er leise, aber sichtlich erregt, „wir möchten Sie bitten, der Versammlung die Achtung zu erweisen, die ihr gebührt. Sie befinden sich nämlich in einer geschlossenen Sitzung des Komsomols „Lenin"! Hier sitzen ernste Menschen, Arbeiter. Wir sind Leute, die mit ehrlichem Herzen den Kommunismus aufbauen, wogegen Sie — Sie müssen schon entschuldigen — weder vor sich selbst noch vor der Versammlung Achtung zu haben scheinen!"

„Sehr richtig!" bemerkte Nastja.

„Ja", fuhr Pjotr Wassiljewitsch fort, „wir sehen die Waldanpflanzungen als eins der Bauelemente der kommunistischen Gesellschaft an. Jawohl, so betrachten wir allen Ernstes diese Werke! Und eine übertriebene, nicht wahrheitsgetreue Darstellung unserer Arbeit kann und darf uns keineswegs begeistern. Eine solche Darstellung behindert uns nur und ist kein bolschewistischer, sondern ein verdorbener und schlechter Stil! Ich muß schon sagen: nur jemand, der den Ergebnissen gleichgültig gegenübersteht, kann ..."

„Wie meinen Sie das?" unterbrach der Chefagronom sehr verlegen den Satz. „Soll das etwa heißen, daß i c h den Ergebnissen gleichgültig gegenüberstehe?" Er wies mit dem Finger auf seine kornblumenblaue karierte Krawatte und lachte dann sanft und wohlwollend auf. Wie falsch und häßlich klang das doch!

„Wer diesem sehr wichtigen Kernpunkt des Systems von Dokutschajew, Kostytschew, Wiljams nicht die gebührende Bedeutung beimißt", fuhr Pjotr Wassiljewitsch unbeirrt fort, „und dieser ernsten Parteiangelegenheit leichtsinnig und oberflächlich gegenübersteht ..."

Der Chefagronom hatte sich bereits wieder gefaßt, lachte laut auf und klopfte Pjotr Wassiljewitsch auf den Arm: „Schon gut ... so hören Sie doch endlich auf! Was heißt denn hier ‚leichtsinnig', ‚oberflächlich'? Zum Umpflügen der Brache für eure Waldanpflanzungen wird euch der Traktor vordringlich zugeteilt werden! Morgen früh wird einer mit dem besten Fahrer zu euch kommen! Wünschen Sie sonst noch etwas? Welche Beweise wollen Sie noch haben? Morgen haben Sie den Traktor", wiederholte er,

wartete, horchte und machte dabei ein Gesicht, als müßte nach diesen Worten ein Echo heranbrausen. „Glaubt ihr mir?“ wandte er sich fragend an die Versammlung.
„Wir — wir — glauben — Ihnen“, kamen einige zögernde Antworten.
„Na, Gott sei Dank!“ seufzte der Chefagronom scheinbar bekümmert auf und nahm die Haltung eines Menschen an, der sachlich bleibt, auch wenn er zu Unrecht gekränkt worden ist.
Er mochte in diesem Augenblick wirklich manchen wie der beste Freund der Waldanpflanzungen vorgekommen sein. Nastja aber blieb weiter zurückhaltend, und ihre Augen drangen wie zwei Pfeile in dies selbstzufriedene Gesicht mit den dünnen Lippen und der Haarsträhne über der glatten Stirn. Auch Pjotr Wassiljewitsch und Jascha waren merklich verstimmt und vermieden es, sich anzusehen, wie man es tut, wenn man gemeinsam Zeuge eines ärgerlichen und ungehörigen Vorfalls geworden ist.
„Ich darf nun wohl gehen?“ fragte der Chefagronom. Er machte mehrere Verbeugungen nach allen Seiten hin — diesmal ohne zu lächeln — und verließ das Zimmer. Dabei bewegte er den Hals hin und her, als wäre ihm der Kragen seines schmucken ziegelroten Hemdes plötzlich zu eng geworden.

17

Nastja galoppierte auf ihrem Pferd, das sich anscheinend in der kühlen Witterung ungewöhnlich wohlfühlte, am Nachmittag hinaus. Sie wollte sich das Umpflügen der Brache ansehen, von dem auf der gestrigen Versammlung die Rede gewesen war.

Nastja ritt immer ohne Sattel und saß auch heute gut auf dem breiten Rücken des ehemaligen Rennpferdes, das nun schon alt geworden war. Sie hatte sich an das Tier mit der zerzausten Mähne, die sich grau von dem falben, früher sicher schönen Fell abhob, gewöhnt. Im Galopp legte das Pferdchen die fünf Kilometer in etwa zwanzig Minuten zurück, und bald konnte Nastja den breiten Landstreifen sehen, der mit braunem moderndem Gras bedeckt war.

Hell grünte auf der einen Seite die Fläche des Winterweizens, und bläulich schimmerte auf der anderen die Sommerluzerne. Ein Traktor aber war nirgends zu erblicken.

Nastja glaubte ihren Augen nicht zu trauen. Sie jagte ihr Pferd über das verdorrte Unkraut, das unschön aus dem Boden des zukünftigen Waldstreifens hervorstarrte, obwohl es vollkommen unmöglich war, daß der Streifen etwa am anderen Ende von jemand gepflügt worden war. Drüben hielt sie das Pferd schließlich an und blickte sich um. Auf der öden, von hier aus weit zu übersehenden Steppe gab es nur sie und das Pferd. Die Felder waren an dieser Stelle noch nicht mit Schutzwaldstreifen umgeben. Nastja, die bereits an die grünen Pflanzungen rings um die Felder gewöhnt war, schaute sich unruhig um. Hier wird

einmal ein schönes zuverlässiges Wäldchen wachsen, dachte sie und betrachtete den Landstreifen, der bis zum Horizont reichte. Sicher, ganz bestimmt — aber was ist geschehen? Warum hat man keinen Traktor hierhergeschickt?
„Na, Pferdchen ...“ Nastja riß das Pferd am Zügel und dirigierte es zur Straße hin. „Dann wollen wir mal zur MTS reiten. Wenn wir schon kämpfen müssen, dann bis zum Ende!“
Wie immer nach den Herbstregenfällen, so war auch der heutige Tag kühl und feucht. Auf dem tief herabhängenden Himmel schichteten sich dichte blaugraue Wolken in schweren Falten auf. Ein schwacher Wind wehte, und kein einziger Vogelruf, keine Menschenstimme war in der Steppe zu hören. Unübersehbar weit erstreckte sich die grüne Wintersaat. Das war die Arbeit der Traktorenbrigade! Großartige Jungens! Ihr Obermechaniker war seiner Erfahrung und seiner organisatorischen Fähigkeiten wegen berühmt, ließ es sich aber doch nicht nehmen, die Arbeit der Traktoristen persönlich zu überprüfen. Wenn die Furche von einem noch jungen und unerfahrenen Traktoristen gezogen wurde, dann setzte sich der Obermechaniker ganz bestimmt zu ihm auf den Traktor und zeigte ihm, wie es gemacht werden mußte.
Nastja dachte über diesen Obermechaniker nach, während sie so dahinritt. Sie hatte sich vorgenommen, sich an ihn zu wenden. Die Ausdauer und Selbstbeherrschung dieses Mannes hatte ihr schon immer gefallen. Sie hatte beispielsweise noch nie gesehen, daß er hingeflegelt dagesessen oder zweideutige Witze gerissen hätte. Es gab Menschen, die man sich ohne Arbeit überhaupt nicht vorstellen konnte.

Und weil die Sotower MTS so einen Obermechaniker hatte, deshalb stand sie auch an der Spitze aller Traktorenarbeiten.
Man kann gut arbeiten, dachte Nastja weiter. Man kann es! Gute Menschen sehen ihr Glück in einer guten Arbeit. Und wenn man genauer hinsieht, so kommt ein Rückschlag nur dadurch, weil irgendeiner seine Arbeit nicht als Hauptziel vor Augen hatte.
Nastja drückte ihre Stiefel an die festen Weichen des bereits ermüdeten Pferdes, ruckte am Zügel, und schon begann das Tier zu galoppieren.
Bald tauchte das Gehöft der MTS auf. Zu ebener Erde liegende, kalte weiße Gebäude hoben sich vom Hintergrund des bleigrauen Himmels ab.
Nastja wollte um den gelben frischgestrichenen Zaun des Gärtchens herum nach der Werkstatt reiten, als sie beinahe den Chefagronomen umgeworfen hätte. Er war in seinem grauen weiten Regenmantel mit der hochstehenden Mütze am Zaun entlanggegangen und hatte die Hand schon nach der Gartenpforte ausgestreckt. Die Pforte führte zu einem Grundstück, auf dem ein Häuschen mit Terrasse stand und viele bunte Blumenbeete leuchteten. Aus einem entfernt liegenden Kober war das zänkische Grunzen zweier Schweine zu hören, die — nach den Stimmen zu schließen — wohlgenährt sein mußten.
„Juli Rostislawowitsch!" rief Nastja.
„Was ist los?" fragte der Chefagronom unfreundlich, ohne zu grüßen.
„Wo bleibt der Traktor? Sie hatten ihn doch versprochen! Aber Sie machen das ja immer so!" brauste Nastja auf.

Der Chefagronom lächelte süßlich: „Du mußt nicht gleich Krach schlagen, Nastja! Wie aufgeregt du auch immer gleich bist. Ich weiß schon Bescheid und erinnere mich auch recht gut daran. Wir haben aber den Traktor einem anderen Kolchos geben müssen, und zwar für den Herbststurz auf den Getreideäckern. Dort waren bei einem Diesel die Lager ausgelaufen. Übrigens wüßte ich nicht, daß ich dir etwas versprochen hätte!"

„Oh ..." Nastja rang nach Luft und schrie dann beinahe heraus: „Mir persönlich nicht. Sie haben aber vor Pjotr Wassiljewitsch, vor Jascha und dem ganzen Komsomolkollektiv ..."

Der Chefagronom machte eine abwehrende Handbewegung, als ob er sich vor Nastjas Geschrei schützen wollte, und sagte dann sehr höflich: „Geh ins Büro! Ich komme gleich nach, werde nur erst etwas frühstücken. Du wirst deinen Traktor bekommen. Das werden wir schon irgendwie zurechtbiegen!"

Er hakte die Gartenpforte hinter sich zu und lief jugendlich schnell die Stufen der vom wilden Wein beschatteten Terrasse hinauf. Nastja saß geschlagene zwei Stunden im Büro. Über der Tür zum Arbeitszimmer des Direktors hing eine große runde Uhr, und Nastja folgte ununterbrochen der Bewegung ihrer Zeiger. Wenn sie sich durch dieses unablässige Beobachten nicht völlig aufgerieben hätte — immer dachte sie jetzt! — jetzt! — jetzt! — und wenn in dem Büro auch nur ein einziger Mensch gewesen wäre, mit dem sie ein Wort hätte wechseln können, dann hätte sie das Warten vielleicht mit mehr Ruhe ertragen.

So aber stürzte Nastja nach diesen zwei Stunden aus dem

Büro, band ihr Pferd vom Zaun los, hielt es am Zügel fest und lief zur Werkstatt.

Der Obermechaniker überquerte eben den großen freien Platz vor der Werkstatt. Nastja stürzte auf ihn zu, schmiegte sich an den Ärmel seiner Militärbluse, der nach Schmieröl und Petroleum roch, und brach in Tränen aus.

Im ersten Augenblick stand der Obermechaniker völlig sprachlos da. Dann sagte er: „Na ... aber so etwas! Was hast du denn? Was ist denn los? Wer hat dir denn etwas getan?" Ratlos blickte er auf das gesenkte runde Köpfchen mit dem karierten Kopftuch herab, das sich da an seinen Ärmel schmiegte. „Nun hör schon auf! Es ist genug! Du lieber Gott, was habt ihr Mädchen nur für eine komische Art! Beim kleinsten Anlaß gibt es Tränen. Nun rede doch endlich! Ich habe keine Zeit ..."

„Die Bra—ache ... Ju—li ... Rostislawowitsch", brachte Nastja schluchzend heraus. „Der Tra—aktor!"

„Für den Schutzwaldstreifen?"

„Mm—m, ja ... Ich warte und warte ... Er hält uns zum Narren!"

„Im Plan ist ein ‚NAT' für eure Waldstreifen vorgesehen. So habe ich es mir auch notiert", erklärte der Obermechaniker. „Aber gestern nachmittag sagte er mir, daß im Kolchos ‚Morgenröte' dringend der Herbstacker fertiggepflügt werden müsse."

„Dann war also dieser ‚NAT' bereits der ‚Morgenröte' zugeteilt, als er ihn uns versprochen hatte? Oh —", rief Nastja aufgeregt.

„Ja, er ist ein uninteressierter Mensch, Nastja. Er steht der Arbeit gleichgültig gegenüber und hat uns schon manchmal schwach gemacht. Oft verschwindet er am Tag auf zwei oder sogar drei Stunden und sagt: ‚Warten Sie, ich gehe nur zum Mittagessen‘ oder ‚Ich will nur etwas frühstücken‘ — und weg ist er! Die Leute warten und warten auf ihn, die Besucher aus den Kolchosen und andere. Sie fahren meistens wieder weg, ohne ihn gesprochen zu haben! Und wie muß sich Pjotr Wassiljewitsch mit ihm abplagen! Aber wir werden ihn schon kriegen! Das Gesunde hat noch immer die Oberhand behalten!“

„Pawel Jewstignejewitsch“, rief Nastja, „wir haben sogar die Disteln ausgejätet. Sollte es denn so unmöglich sein, solch einen Chefagronomen auszumerzen?“

Der Obermechaniker verstand zuerst nicht, dachte dann einen Augenblick nach, erfaßte schließlich den Sinn und lächelte traurig: „Das geht nicht so rasch. Er tut so, als ob er arbeitet und leistet dabei nicht das Geringste. Dafür kann er aber schön reden und Zeitungsartikel schreiben. Seinetwegen habe ich es ja auch besonders schwer. Ewig diese Mißhelligkeiten mit den Kolchosen, und Stepan Rodionowitsch hat auch schon die Nase voll!“ Der Obermechaniker machte eine müde Handbewegung und fügte dann hinzu, als spreche er zu sich selbst: „Unser Aufbau hat sich in der Nachkriegszeit so gewaltig entwickelt — das Volk ist mit Feuereifer an die Arbeit gegangen! Und das im ganzen Land! In solch einer Zeit wirken sich derart gleichgültige Menschen wie Schlaglöcher auf einer schlechten Straße aus!“

„Ach, Pawel Jewstignejewitsch, und was i c h seinetwegen auszuhalten habe!“ sagte Nastja klagend. „Er will die Waldanpflanzungen einfach nicht anerkennen. Na, jeden-

falls danke ich Ihnen, daß ich mich einmal aussprechen durfte. Jetzt ist mir doch ein bißchen leichter ums Herz!"
Der Obermechaniker lachte, aber im nächsten Augenblick sah er schon wieder ernst aus und ging rasch zu den Werkstätten hinüber. Dort drehte er sich noch einmal um und rief Nastja zu:
„Also morgen werde ich ihn dir schicken! Du mußt ihn aber frühmorgens selbst in Empfang nehmen auf euerm Streifen; denn ohne Aufsicht . . . und so . . ."
„Ganz bestimmt, Pawel Jewstignejewitsch!" antwortete Nastja, die schon auf ihr Pferdchen geklettert war.

18

Nach der Aussprache mit dem Obermechaniker kehrte Nastja in munterer Stimmung heim, obwohl sie sich noch des öfteren über den verlorenen Tag ärgerte.
Es war kaum später als sieben Uhr, und dennoch lag die Steppe schon in Dunkelheit gehüllt. Die dichten Abendwolken hatten den weiten Himmel zugedeckt, und nur tief unten am Horizont leuchtete noch ein kupferroter Streifen der Abendröte.
Unter den Hufen des Pferdes quietschte und quatschte der Straßenschlamm, durch den sich das Tier mühsam weiterquälte; denn es war von dem erfolglosen Tag ebenso erschöpft wie Nastja.
„Na — Pferdchen, na—a!" redete Nastja ihm freundlich zu, streckte die Beine in den Stiefeln nach vorn und zog

die Zügel an, um beim Abstieg besseren Halt zu haben. Unten schimmerte ein Sumpf. Irgendwo murmelte Wasser, das sich während der langen Regenzeit angesammelt hatte. Das Pferd sprang los, aber Nastja hatte sich nicht genügend festgehalten und flog in hohem Bogen in den Sumpf. Sie richtete sich auf, griff nach den Zügeln und versuchte, ihre Beine aus dem Schlamm zu ziehen. Sie schaffte es wohl, aber die Stiefel blieben stecken. Da ließ Nastja die Zügel los und sprang auf den trockenen Rand dicht neben dem Wasser.

„So, Pferdchen, und nun du!"

Das kluge Tier schob seine vier Beine eng aneinander, stampfte eine Weile auf der Stelle, um den Morast festzutreten, machte dann einen großen Sprung — und stand auf der anderen Seite des Baches.

Plötzlich war es Nastja, als ob ein Kraftwagen immer näher komme. In dem Stückchen Himmel über dem Rand der Senke erschien der Umriß eines Lastwagens. Der Fahrer stellte den Motor ab, stieg aus und ging die Senke hinab, um sich das Gefälle der Straße anzusehen.

„Du hast gewiß schon oft im Morast gesteckt, weil du gar so vorsichtig bist!" spöttelte Nastja.

„Wer ist da?" fragte der Fahrer in das Dunkel hinein. Er war überrascht zusammengezuckt.

„Was, du erkennst mich nicht? Ich habe dich aber sofort erkannt!"

„Ah — der ‚Forstmeister'!" stellte der Mann nun lächelnd fest. Es war derselbe Fahrer, der im Frühjahr mit Nastja zusammen die Setzlinge von der Baumschule gefahren hatte und hier steckengeblieben war.

„Na, hast du inzwischen eingesehen, daß der Waldanbau Männerarbeit ist? Was hat denn auch ein Mädchen in tiefer Mitternacht und bei jedem Wetter in der Steppe zu suchen? Das ist etwas für Männer, aber nichts für Frauen!"

„Hilf mir lieber, statt soviel zu reden! In dem Sumpf stekken nämlich noch meine Stiefel!"

Murrend stieg der Fahrer in den Schlamm und blieb selbst beinahe stecken. Schließlich gelang es ihm aber doch, Nastjas Stiefel herauszuziehen.

„Soviel Hilfsbereitschaft hätte ich dir gar nicht zugetraut", sagte Nastja und zog die vom Schlamm schwer gewordenen Stiefel über ihre nassen Strümpfe.

„Stell dich auf das Trittbrett! Ich fahre dich rüber", bot ihr der Fahrer an. „Sonst bleibst du womöglich wieder stecken, du Waldanpflanzerin, du!"

Nachdem er den Wagen durch die Senke gefahren hatte, steckte er den Kopf heraus und teilte ihr mit:

„Eben wurde auf der MTS irgendeine wichtige Regierungsverordnung im Rundfunk durchgesagt. Die geht d i c h etwas an."

„Ah, nicht möglich", horchte Nastja auf, die inzwischen ihr Pferd wieder bestiegen hatte. „Worum ging es denn?"

„Ich habe leider nicht bis zu Ende hören können. Ich mußte mich beeilen, um noch vor Anbruch der Nacht heimzukommen, aber ich glaube, daß es die Schutzwaldstreifen, die Senken und Wasserflächen betraf."

Nastja ritt in ihr Dorf zurück. Sie war ein wenig verstimmt, weil der Fahrer sich nicht deutlicher ausgedrückt hatte. Aber das Gefühl einer gewissen Vorfreude überwog bald den Ärger.

„Nastja, bist du es?“ wurde sie aus dem Dunkel heraus von Sina angerufen. „Wo hast du denn gesteckt? Ich habe dich gesucht. Kusma hat sich unsere Schilder als Winterschutz für den Weizen angeeignet. Und noch dazu alle dreihundert! ‚Euern Anpflanzungen wird schon nichts geschehen, die können auch so überwintern‘, hat er gesagt. Ach — das ist ein Leben, Nastja!“ Sinas Stimme klang ganz heiser.

Nastja spürte den Atem der Freundin dicht neben sich.

Wie immer, wenn neue Schwierigkeiten auftauchten, fühlte Nastja, daß ihre Widerstandskraft wuchs.

„Mach dir doch keinen Kummer, liebe Sina! Morgen werden wir ihn ins Gebet nehmen“, tröstete sie und empfand im gleichen Augenblick eine besondere Zuneigung für ihre Freundin, mit der sie um ihres gemeinsamen Werkes willen schon so viel durchgemacht hatte. „Habt ihr nachgepflanzt? Seid ihr damit fertig geworden?“

„Ja.“

„Was wurde im Rundfunk durchgesagt? Weißt du etwas darüber?“

„Nein. Wir kommen eben erst vom Waldstreifen zurück.“

„So. Na, dann will ich mal weiter. Meine Stiefel sind durch und durch naß, und ich bin schon ganz steif! Der Teufel soll diesen Chefagronomen holen! Den ganzen Tag hat er mir vermasselt!“

Die Freundinnen trennten sich, und jede verschwand nach einer anderen Seite in die Dunkelheit, die selbst von dem Licht, das bescheiden aus den Fenstern hinter den Flieder- und Holunderbüschen der Vorgärten hervorschimmerte, nicht wesentlich erhellt wurde.

19

Vor Nastjas Haus stand der Zweispänner der MTS. Als sie das Zimmer betrat, sah sie Pjotr Wassiljewitsch im weiten Regenmantel mit aufgestülpter Kapuze am Tisch sitzen.

Agafja Danilowna redete dem Forstmeister gerade zu: „Dann koste doch wenigstens! Warum hast du es denn so eilig?"

Große Scheiben einer schönen gelben Melone lagen auf dem Teller und erfüllten das ganze Zimmer mit ihrem Duft. Daneben stand ein Teller mit Pfannkuchen, die Nastja so gern aß.

Als das Mädchen eintrat, stand Pjotr Wassiljewitsch rasch auf und sagte, wie es Nastja schien, mit aufgeregter Stimme:

„In der MTS findet eine Sitzung statt, Nastja. Ich bin hergekommen, um dich abzuholen. Ich war in der Kreisstadt, und da mußte ich hier ohnehin vorbei."

„Oh . . . geht es um das, was im Radio durchgesagt wurde, Pjotr Wassiljewitsch?"

„Los, los — mach dich fertig! Es ist ein Ereignis von größter Bedeutung. Du kannst dir das überhaupt nicht vorstellen!"

Flink zog sich Nastja an der Schwelle die durchnäßten Stiefel aus und schlüpfte hinter ihren Vorhang.

„Gib mir bitte das blaue Kleid aus der Truhe, Mutter! Das neue, weißt du?"

„Im Kreisparteikomitee hat eben erst eine Beratung stattgefunden", erklärte Pjotr inzwischen. „Und nun versammeln sich sämtliche MTS. Eingeladen sind dazu die

Kolchosvorsitzenden, Brigadiere, Leiter der Waldanbaugruppen und die Agronomen. Der Propagandasekretär ist bereits auf dem Weg zu unserer MTS."

„Sagen Sie mir nur das eine: handelt es sich um den Wald? Stimmt das denn?" wollte Nastja unbedingt wissen, während sie sich das Kleid überzog, das den von Kindheit an so wohlbekannten herben und würzigen Geruch der Truhe ausströmte. Nastja war so aufgeregt, daß sie kaum in die Ärmel hineinfand.

„Es handelt sich nicht nur um den Wald, das wäre zu wenig gesagt. Es handelt sich vielmehr um den beschleunigten Aufbau des Kommunismus, Nastja", entgegnete Pjotr mit ernster Stimme.

Hinter dem geblümten Vorhang hantierte Nastja sehr eilig und trat auch bald hervor, völlig neu umgezogen: hinter ihr her wehte der leichte Saum des Vorhanges. Der schlanke Körper des Mädchens steckte in einem hellblauen Wollkleid, in dem die zierliche Gestalt gut zur Geltung kam.

„Bei diesem Unwetter!" seufzte die Mutter vorwurfsvoll und schlug die Hände zusammen, als sie an Nastjas Füßen die glänzenden Überschuhe erblickte.

„Laß nur gut sein, Mutter", wehrte Nastja ab, der es vor Pjotr Wassiljewitsch peinlich war, sich bevormunden zu lassen.

„Iß doch wenigstens noch etwas! Seit heute früh hast du bestimmt keinen Bissen mehr zu dir genommen!"

Nastja steckte schnell zwei Kuchen in die Tasche, wand sich den Wollschal um den Kopf, sah verstohlen in den Spiegel und ging schon hinter Pjotr Wassiljewitsch her.

Die Steppe sandte den herben und frischen Duft des feuchten Wermutkrauts herüber. Undurchdringlich, kühl und im Dunkel verborgen lag sie da. Nastja kannte sie aber ganz genau, so wie der Landmann sein Feld kennt, das er mit seinen eigenen Händen bearbeitet hat. Die undeutlichen Umrisse der Waldstreifen zogen vorüber, und Nastja war es, als könnte sie jedes einzelne Bäumchen erkennen.

Da hob sich schwarz der ‚Schulstreifen' gegen die Dunkelheit ab. Er begann dicht neben der Straße.

„Sag mir nur", fragte Pjotr Wassiljewitsch, der die Zügel straff hielt und die Pferde durch diese völlige Finsternis lenkte, lebhaft, „wie kommt dort, an das andere Ende des Schulstreifens, ein Obstgarten hin?"

Nastja horchte sofort auf, und ihre Lippen kräuselten sich zu einem spitzbübischen Lächeln.

„Gestern ritt ich über die Krasnower Straße", führte Pjotr Wassiljewitsch seinen Gedankengang weiter, „und bin sogar vom Pferd gestiegen: da stehen doch wahrhaftig Apfelbäume, ein paar junge Birnbäumchen, die anscheinend schon getragen haben, und Kirschbäume . . ." Pjotr Wassiljewitschs Regenmantel raschelte. Der Mann wandte sich zu Nastja hin und zog die Zügel an. Ein leises unterdrücktes Lachen wurde hörbar. „Was ist das für eine Zauberei? In unserer Baumschule haben wir doch gar nicht solche Setzlinge?"

„Jetzt kann ich Ihnen das nicht erzählen, Pjotr Wassiljewitsch, das ist eine lange Geschichte. Sie haben ja immer gesagt: Aufforsten in der Steppe bedeutet soviel wie Menschen erziehen! Nun ja — und das stimmt wirklich!"

„Wenn du es nicht sagen willst, läßt du's eben bleiben!" sagte der Forstmeister und tat, als sei er böse. Eine Weile fuhren sie schweigend weiter, während Pjotr Wassiljewitsch zur Seite auf den völlig unsichtbaren Weg starrte. Angestrengt stampften die Pferde durch das Dunkel und fanden doch immer den richtigen Weg. „Ja, Nastja — jetzt kommt unsere Zeit!" begann der Forstmeister nach einer Weile wieder.
„Was ist denn eigentlich los? W a s , Pjotr Wassiljewitsch", rief Nastja aus. „So sagen Sie doch endlich ein Wort!"
„Hab nur Geduld! Du wirst noch alles rechtzeitig genug erfahren. Wozu hätte ich dich denn sonst abgeholt?"
„Oh, Pjotr Wassiljewitsch, wir werden gleich ins Wasser purzeln", sagte Nastja besorgt und hielt sich am Kotflügel der Kutsche fest. Sie fuhren geradeswegs auf die morastige Stelle zu, in der Nastja heute mit dem Pferd steckengeblieben war.
„Keine Angst, halt dich nur fest! Wir sind gleich drüben!" Er versetzte den Pferden eins mit der Peitsche, und schon zogen sie den Wagen mit einem scharfem Ruck aus der mit Wasser überfüllten Senke heraus.
„Weißt du noch, wie wir von der Zukunft gesprochen haben, von dem Überfluß und all der Schönheit?" fragte der Forstmeister, als sie wieder auf der festen Straße waren.
„Ja, das weiß ich alles noch", antwortete Nastja flüsternd. „Und jetzt geht es mit Riesenschritten darauf zu!" fuhr Pjotr Wassiljewitsch fort. „Die Partei will uns ein großes Werk anvertrauen. Der endgültige Aufbau des Kommunismus binnen kürzester Frist hängt zu einem großen Teil

von uns, von unserer Einsicht und Beharrlichkeit ab! Merk dir das gut! Du stehst nämlich als Gruppenleiterin in vorderster Linie."

Still hörte Nastja zu. Pjotr Wassiljewitsch war Sekretär der Parteiorganisation. Das bedeutete soviel, daß man ihm jedes einzelne Wort glauben konnte. Als er die Partei erwähnte, hatte Nastja das Gefühl, bisher noch viel zu wenig getan zu haben, um sich das Vertrauen der Partei zu erringen. Sie mußte noch viel besser und bewußter arbeiten!

Sie wurden von einem Fuhrwerk überholt. Durch die feuchte Luft zog scharfer Machorkarauch herüber. Man konnte Männerstimmen hören, die aber verstummten, als sie sich neben dem Wagen der MTS befanden.

„Aus welchem Kolchos?" fragte Pjotr Wassiljewitsch hinüber, denn es war viel zu dunkel, um etwas zu sehen.

„Aus ‚Der helle Weg'. Sind Sie Genosse Pjotr Wassiljewitsch?"

„Ganz recht. Fahrt ihr zur MTS?"

„Ja, man hat uns eingeladen, wir können uns aber gar nicht denken, warum." Erregt gab Kusma Awdeitsch diesen Bescheid und fuhr fort:

„Ja, die Brigadiere und ich sind hier. Nastja sollte auch kommen. Aber die fährt wohl schon mit Ihnen!"

„Fahrt nur zu! Ihr werdet schon sehen."

Das Fuhrwerk ratterte vorbei und war bald darauf in der Dunkelheit verschwunden, und durch die herbduftende Steppennacht klang es noch einmal herüber:

„Munter, munter — ihr Krausköpfchen!"

Nastja wurde allmählich feierlich zumute, nicht einmal Kusma Awdeitsch hatte von Pjotr Wassiljewitsch erfahren können, um was es sich handelte. Anfangs wollte sie Pjotr Wassiljewitsch vielerlei fragen, es schwirrte ihr allerhand im Kopf herum. Da die Gelegenheit zum Fragen doch gerade so günstig war, hatte sie das ausnützen und sich über die Baumarten für die Herbstpflanzungen und über die Transportmittel für die Setzlinge erkundigen wollen. Sie hätte auch brennend gern gewußt, ob die Transportmittel vom Kolchos oder von der MTS gestellt wurden und wann am besten der neue Streifen geeggt werden sollte — ob gleich nach dem Pflügen oder in der Nacht. Aber in diesem Augenblick glaubte sie, daß all diese Fragen unangebracht waren.

20

Die weißen geraden Bänder des elektrischen Lichts durchschnitten die Finsternis wie Scheinwerferstrahlen und reichten bis weit in die Steppe hinaus. Auf der Straße vor dem Klubhaus stampften die Reitpferde, die man am Zaun festgebunden hatte.

Nastja und Pjotr Wassiljewitsch waren kaum im Saal erschienen, als man ihnen auch schon winkte, sich nach dem Präsidium zu begeben. Der Saal war überfüllt. Nastja drängte sich durch den schmalen Gang und erblickte ganz flüchtig das erstaunte und wie beleidigt aussehende Gesicht ihres Vorsitzenden.

Anscheinend konnte er nicht begreifen, daß eine so unbedeutende Person wie Nastja im Präsidium sitzen sollte.

Jetzt wird er mir bestimmt keine Transportmittel mehr geben, ging es Nastja durch den Kopf. Durch diese lauernde Angst vor den fortwährenden Widerwärtigkeiten fühlte sie sich dann auch gehindert, die ersten Worte des Propagandasekretärs richtig zu erfassen.
Auf dem Tisch des Präsidiums, der mit steifem rotem Stoff bespannt war, lagen mehrere Nummern der „Prawda“. Eine ungewöhnlich große Karte, die über das ganze Blatt der Zeitung reichte, war in kleine Vierecke aufgeteilt und mit breiten Streifen durchzogen. Oben, in der linken Ecke, leuchtete ein fünfzackiger Stern mit dem Kremlturm und mit dem Wort „Moskwa“. Der Vortragende hielt ein gleiches Zeitungsblatt in der Hand. Er legte es schließlich hin, zeigte auf den Stern und sagte:
„Dieser in unserer ganzen Geschichte noch nie dagewesene Plan, die dürre Steppe in blühende Gärten zu verwandeln, ist auf Grund der persönlichen Initiative Stalins ausgearbeitet worden!“
Donnernder Beifall folgte diesen Worten. Darauf fuhr der Vortragende in seiner Rede fort.
Nastja hörte zu und dachte dabei an Stalin. Er sorgte sich also um die Schutzwaldstreifen! Er wußte alles — alles, was Nastjas Leben erfüllte, alles, woran sie gearbeitet und wonach sie gestrebt hatte. Der Gedanke, den großen Stalin so nahe zu wissen, ließ ihr Herz in einem mächtigen Gefühl aufwallen, das sich nicht mit Worten beschreiben läßt. Sie blickte in den Saal und traf überall auf flammende Augen und erregte Gesichter. In diesem Augenblick dachten wohl alle an Stalin und mochten ähnlich empfinden wie sie.

Nastja sah ihren Vorsitzenden eine Weile durchdringend an.
Wird er es denn noch immer fertigbringen, uns keine Transportmittel zu stellen, uns widerrechtlich unsere Schutzschilder wegzunehmen und Hasentreibjagden abzulehnen? dachte sie.
An diesem Abend drängte sich Nastja der Gedanke auf, daß Stalin selbst an die Komsomolzen des Kolchos „Der helle Weg" die Frage stellte: „Wie habt ihr gearbeitet, um meinen Plan zu verwirklichen?" Nun fühlte sie die Kraft in sich, alles zu tun und alles zu erreichen.
Vorgeneigt blickte Nastja auf die atemlos lauschenden Menschen im Saal. Ihr Gesicht mit den weitoffenen Augen, die etwas erstaunt blickten, machte einen kindlichen Eindruck, und niemand hätte vermutet, welche großen Aufgaben sie mit dem bevorstehenden Werk auf sich genommen hatte.
Wieder fiel ihr Blick auf Kusma. Er zog ein großes blaues Tuch aus der Tasche, wischte sich die Schweißperlen von der Stirn und starrte zu Nastja hinüber. Welche Gedanken mochten wohl an diesem Abend durch seinen Kopf gehen, und zu welchem Ergebnis war er gekommen, nachdem er seine im Präsidium sitzende Gruppenleiterin so eingehend betrachtet hatte, als ob er sie zum ersten Male sähe?

21

Am nächsten Morgen rief Kusma Awdeitsch das Aktiv zusammen und holte den schon seit langem vom Bodenrationalisator ausgearbeiteten Plan aus dem Schreibtisch, aus der „Langen Bank“, wie die Kolchosbauern mit bitterem Spott sagten. Es handelte sich um die Bewaldung der Wasserscheiden und Schluchten, die Anpflanzung der Schutzwaldstreifen rings um die Felder und die Anlage von Teichen und Wasserflächen in dem Kolchos „Der helle Weg“. Den ganzen Tag über wurde beraten und festgelegt, in welcher Reihenfolge und in welcher Zeit diese Arbeiten vom Kolchos durchgeführt werden sollten.

Nastja hörte mit fest zusammengepreßtem Mund zu und dachte darüber nach, welche Arbeiten auf ihre Gruppe fielen und wann sie erledigt werden müßten.

„Und woher werden wir so viel Samen bekommen, Kusma Awdeitsch?“ fragte sie dann.

Wortlos trommelte der Vorsitzende mit seinen dicken Fingern auf dem Tisch. Er hatte natürlich keine Ahnung, wo der viele Samen herkommen sollte. „Die inneren Reserven müssen eben mobilisiert werden“, meinte er endlich tiefsinnig.

„Samen sind Sache der staatlichen Baumschule“, bemerkte einer der Kolchosbauern. „Aber in dem Regierungsbeschluß heißt es, die Kolchose müssen sich eigene Baumschulen anlegen.“

Kusma Awdeitsch räusperte sich, redete wiederum kein Wort und sah Nastja abwartend an. Da kam ihr plötzlich

der Brief von Mitschurin in den Sinn, den sie sich bei einem der Lektoren abgeschrieben hatte.
„Nastja, der Brief!" wurde sie wie auf Verabredung in demselben Augenblick auch schon von Jascha angesprochen. Sie hatten sich vorgenommen, diesen Brief heute mit den Komsomolzen gemeinsam zu lesen.
„Wir sind durch den Beschluß der Regierung und der Partei alle auf dasselbe Gleis gestellt worden", brummte Kusma Awdeitsch unter seinem Schnurrbart hervor. „Und wir werden dieses Gleis nicht eher verlassen, ehe wir den Plan erfüllt . . ."
„Und übererfüllt haben!" fügte Jascha gelassen hinzu.
„Das habe ich doch sowieso sagen wollen", warf Kusma Awdeitsch ärgerlich ein. „Immer müßt ihr einem die Entscheidung aus den Händen reißen. Es ist ja, als wenn euch jemand antriebe."

22

Am Abend beeilte sich Nastja, ins Büro zu kommen, um der Jugend den Brief Mitschurins vorzulesen.
An der langen Straße, die sie entlangging, standen fast vor jedem Hof die Kolchosbauern und führten lebhafte Gespräche über das eine Thema, den großen Plan.
Nastja bemühte sich eben, Bruchstücke dieser Gespräche aufzufangen, als sich zwei Gestalten aus einer Gruppe lösten und quer über die Straße auf sie zukamen. Nastja erkannte die beiden Großväter Ustin und Foma mit ihren

Steppjacken und den zerzausten Kosakenmützen. „Entschuldige, nur auf ein kurzes Wort“, begann Foma. Am dunklen Himmel stand weißleuchtend der Mond, und Nastja konnte den Alten in dem dämmrigen Licht gut sehen; die lange Nase, das graue gestutzte Bärtchen und das unterwürfige Lächeln, von dem es umspielt war. Ustin verbarg sich ängstlich hinter dem Rücken seines Freundes.
„Ah—ha, die Großväter!“ sagte Nastja scheinbar böse und drohte mit dem Finger. „Ihr habt nicht auf meine Schilder achtgegeben! Und was hattet Ihr geschworen?“
„Nastja, höre doch erst . . .“, meinte Foma. „Ich bin gleich weggelaufen, um Alarm zu schlagen und . . . und inzwischen hat der Ustin versagt . . . und . . . so . . .“
„So war das gar nicht“, unterbrach ihn nun Ustin. „Ich wollte Alarm schlagen, und du hast nicht aufgepaßt, und da . . .“
Nastja konnte sich nun nicht mehr beherrschen und lachte laut über die beiden Alten, die sich in ihren Lügen immer mehr verstrickten. Durch dieses nachsichtige Verhalten ermuntert, lachten auch die Alten heiser mit und schlugen sich auf die Schenkel.
Als Foma sich endlich ausgelacht hatte, wischte er seine spärlichen Greisentränen von den Wangen und erzählte die Geschichte weiter:
„Unterdessen hatte Kusma im Nu den Lagermeister bei der Hand, und — weg waren deine Schilder, hast du nicht gesehen! Was hätten wir dagegen tun können? Wir sind doch alte und kraftlose Greise. Verzeih uns also bitte — an solch einem Tag wie heute!“
„Ja, denn jetzt wird es vorwärtsgehen!“ rief Ustin.

„Jetzt wird es gewiß klappen!“ stimmte Foma ihm zu.
„Wald werden wir haben und Wasser, Fische wird es geben — noch und noch.“
„Aber wir werden euch dann in diesen Gewässern nicht fischen lassen“, neckte Nastja die beiden Alten und lief schon eilig weiter.
„Oho, warum denn nicht?“ riefen sie ihr aufgebracht nach.
Als sie an einem Hoftor vorüberging, hörte Nastja, wie jemand fragte:
„Was ist das eigentlich — der Staatliche Waldstreifen?“
„Der wird hier bei uns vorbeiführen und sich von Kamyschin bis Stalingrad hinziehen!“
Im ganzen Dorf waren die Fenster erleuchtet, und es gab kein Haus, in dem nicht solche und ähnliche Worte gesprochen wurden. Zukunftshoffnungen erblühten überall: Schutzwaldstreifen! Wasser! Wald!
Abwartend lag inzwischen die kühle Steppe da, in silbernes Licht getaucht. Dicht neben dem Mond erschien ein Sternchen und strahlte hell.
Wie hoch das ist! Ob wohl tatsächlich auch über Moskau die gleichen Sterne und derselbe Mond scheinen? mußte Nastja denken.
Sie lief die Vortreppe des Büros hinauf und stieß an der Schwelle mit Jegor zusammen. Ein nachgiebiger Mann, der „keiner Fliege etwas zuleide tut“, wie man so sagt. Heute aber lag auf seinem hageren und kränklichen Gesicht deutlich erkennbar Kampfstimmung, und seine ohnehin schmalen Lippen waren eng zusammengepreßt. Er schlug die Tür so heftig hinter sich zu, daß der Kalk von der Decke rieselte.

In seinem Zimmer schloß der Rechnungsführer die Tagesarbeit ab. Der Kontrolleur der Traktorenbrigade, Shora Sorokin, saß neben ihm im blauen Hemd mit Krawatte. Sein rundes Gesicht zierte ein Schnurrbart, über den er hin und wieder mit einem Finger strich.

„Kommt Jascha auch?" fragte Nastja den Rechnungsführer und sah absichtlich über den Kontrolleur hinweg. Irgendwie war es ihr unangenehm, seinen Schnurrbart anzusehen.

„Er wird wohl gleich hier sein. Wir wollen die Wandzeitung zusammenstellen!" beeilte sich Shora zu antworten und strich dabei unablässig über seinen Schnurrbart. Plötzlich legte der Rechnungsführer den Federhalter hin, schob seine Brille auf die Stirn, zeigte auf die Tür, hinter der Jegor verschwunden war, und fragte den Kontrolleur: „Hast du schon gehört: ‚Ohne Äpfel ist das Leben langweilig.' Darum dreht es sich also jetzt! Hm ... ‚Ohne Äpfel ist das Leben langweilig'", wiederholte er noch einmal nachdenklich.

„Ja—a", erwiderte der Kontrolleur gedehnt, obwohl er nicht recht wußte, was den Rechnungsführer so aufgeregt haben mochte. Er bemühte sich aber immerhin, darauf einzugehen.

„Nein, du mußt das r i c h t i g begreifen: ‚Ohne Äpfel ist das Leben langweilig.' Na?" brachte der Rechnungsführer ziemlich hastig hervor und sah zuerst den Kontrolleur und dann Nastja forschend an.

„Was ist denn so Besonderes dabei, Porfiri Nikonowitsch?" erklang Nastjas helle Stimme. „M i t Äpfeln lebt es sich doch wirklich viel lustiger!"

Der Rechnungsführer sah sich um, schüttelte dann vorwurfsvoll den Kopf und starrte einer gelben Katze nach, die scheu über den Fußboden schlich. Er folgte ihr so lange mit den Augen, bis sie unter einer Bank verschwand. Dann sprach er nochmals vor sich hin und betonte dabei jedes einzelne Wort: „Ohne Äpfel ist das Leben langweilig", ohne auch jetzt den Sinn restlos zu erfassen.
Er griff so hastig zum Federhalter, als wollte er sich vor den gefährlichen Versuchungen retten, die in solchen Worten liegen konnten. Aber nach einigen Minuten sprang er auf, schloß seine Rechnungsbücher in den Schrank und ging weg.
Endlich erschien auch Jascha mit den Komsomolzen. Sie zündeten die Hängelampe an und breiteten einen großen Bogen Zeichenpapier auf dem Tisch aus.
„Plan der großen Arbeiten" stand in bunten Buchstaben über der Wandzeitung.
Shora wollte gleich berichten, wie Jegor vorhin wegen des Kolchosgartens außer sich geraten war, aber Nastja unterbrach ihn: „Hast du Jegor unterstützt? Nein! Die rückständige Einstellung von Porfiri Nikonowitsch hast du unterstützt! Wir wissen doch alle, daß es mit Porfiri Nikonowitschs Hilfe für unsere Sache nicht weit her ist! ‚Nie werden eure Bäume groß werden'", äffte Nastja ihn nach.
„Laßt doch Shora in Ruhe, er hat immerhin einen Schnurrbart!" spöttelte jemand.
Nastja nahm den Brief aus ihrer Tasche.
„Also, Kinder", sagte sie einleitend, „ihr wißt ja alle, daß wir Schwierigkeiten mit der Beschaffung von Samen haben. Hier ist nun ein Aufruf an die Komsomolzen, der die

Samen betrifft." Sie warf einen Blick auf Jascha und begann laut vorzulesen:

„Für die Verwirklichung des gewaltigen Plans, Gärten, Waldstreifen und Haine anzupflanzen, um die Trockenheit, die Versandung der Flüsse und die Regenausschwemmungen zu bekämpfen, ist meiner Ansicht nach die wichtigste Maßnahme, im ganzen Land das Sammeln der Samen zu organisieren! Von Kirschen, Stachelbeeren, Pflaumen, Aprikosen, Himbeeren, Birnen, Weintrauben, von Kletársträuchern und verwendbaren Waldbaumarten muß jeder Kern, jedes Samenkorn von der Jugend in den Kolchosen, von den Komsomolzen, Pionieren und Schülern gesammelt werden. Das müssen auch die Obstverarbeitungsstellen tun. Und es muß weiter erreicht werden, daß dieser Samen in Kisten und Steintöpfen, mit feuchtem Sand vermischt, aufbewahrt und im Herbst oder Frühjahr ausgesät wird. Das muß überall geschehen: in jedem Kolchos, bei jedem Arbeiter und Kolchosbauern, in jeder MTS, auf den Beeten der Gemüse- und Vorgärten. Die Kolchose müssen die darauf verwendete Arbeitszeit anrechnen und Prämien für alle austeilen, die viele Samen von guter Qualität gesammelt und gesunde Bäumchen aus ihnen gezogen haben.

Es muß bekanntgemacht werden, daß jeder Werktätige in der Stadt und auf dem Land bei gutem Willen und zweckmäßigem Verhalten in der Lage ist, mindestens ein Pfund Samen zu sammeln und auszusäen. Für dieses sehr große, für den Staat so bedeutende Werk sollte jeder mit seinem Nachbarn im Wettbewerb stehen. An der Spitze dieses Feldzugs aber müssen die Politabteilungen und Organisationen der Komsomolzen stehen und damit den Erfolg dieser Arbeit garantieren."

„Was heißt denn das? Ein Aufruf an unsere Organisation?" fragte Shora und streichelte wieder einmal seinen Schnurrbart.

„Das ist es ja gerade; dieser Aufruf ist fünfzehn Jahre alt!" gab Nastja zur Antwort. „Das hat ein großer Gelehrter geschrieben, Iwan Mitschurin heißt er. Und weil er ein großer Gelehrter ist, leben seine Worte für alle Zeiten weiter!"

„Lebend zu Lebenden er spricht", deklamierte Jascha.

„Könntest du aus den Zitaten der verschiedenen Dichter einen ganzen Vortrag über die Schutzwaldstreifen zusammenstellen?" fragte Wanja und fuhr sich mit den Fingern durch das ohnehin schon wirre Haar.

„Kann ich!" entgegnete Jascha.

„Nur in Versen?" fragten mehrere zugleich.

„Jawohl, in Versen."

„Wer hat denn etwas über den Wald geschrieben?" Jascha dachte eine Weile nach: „Nekrassow, zum Beispiel, Feth; bei Jessenin habe ich die Namen von dreiundzwanzig Baum- und Buscharten gefunden. Viel kann man bei Issakowski zusammenholen. Twardowski hat auch eine Menge darüber geschrieben, Gribatschow ebenfalls."

Nastja knüllte den Brief in ihrer Hand zusammen und blickte verstohlen auf Jascha und die Jugend. Wo blieb denn der Entschluß zum Handeln? Wozu hatte sie den Brief eigentlich vorgelesen?

Jascha aber hatte die Fähigkeit, zweierlei gleichzeitig zu tun: er konnte mit der Jugend scherzen und plaudern und doch dabei über wichtige Dinge nachdenken.

„Paß mal auf, Nastja!“ Er änderte seinen Ton und sah sie freundlich, aber ernst an: „Es ist jetzt schon ziemlich spät geworden, aber morgen früh rufst du das landwirtschaftliche Laboratorium an und läßt dir sagen, welche Samen zu sammeln sind! Wir werden uns sehr genau an diesen Brief halten!“

23

Am nächsten Morgen hatte der Vorsitzende kaum sein Büro betreten und sich sehr gewichtig hingesetzt, um den versammelten Brigadieren ihre Arbeiten anzuweisen, als Nastja hereinplatzte.
Seitdem sie damals im Präsidium gesessen hatte, schien sie der Vorsitzende mit ganz anderen Augen anzusehen. Es war ihm eine gewisse Verlegenheit vor Nastja anzumerken. Ja — so unangenehm es ihm auch war, das einzugestehen — er fürchtete sich anscheinend ein wenig vor ihr.
„Darf ich schnell einmal telefonieren?“ fragte Nastja hastig und atemlos.
„Habe ich dir das jemals verboten?“ fragte der Vorsitzende herausfordernd und rückte seinen Stuhl zur Seite, um Nastja zu dem an der Wand hängenden Apparat durchzulassen.
Nastja drehte die Kurbel mit solchem Eifer, daß ihr das weiße Wolltuch von den Schultern rutschte und zu Boden glitt. Ächzend bückte sich Kusma Awdeitsch danach, legte es auf den Tisch und drückte es mit der Hand zusammen.

Den Brigadieren machte er Zeichen, zu warten, bis Nastja ihr Gespräch beendet haben würde. Nur der Rechnungsführer ließ sich nicht stören und klapperte ungerührt weiter auf seiner Rechenmaschine.
Nastja rief das landwirtschaftlich-chemische Laboratorium des Kreises an. „Hier ist Nastja Sissowa, Leiterin der Waldanbaugruppe. Ganz recht: aus dem Kolchos ‚Der helle Weg'! Laborleiterin, welche Arten von Samen müssen im Wald gesammelt werden? Wie? Auch im Herbst und im Winter? Ja, ich kann verstehen. Einen Augenblick, ich schreibe gleich auf."
Zuvorkommend schob ihr Kusma Awdeitsch einen Zettel und einen gutgespitzten Bleistift hin.
„Er hat sich völlig verändert", dachte Nastja flüchtig. War sie auch gerade beschäftigt, so entging ihr doch nichts, was um sie herum geschah. Sie war der geborene Organisator. „Ich habe es aufgeschrieben", rief ihre helle Stimme in den Apparat: „Die gemeine Esche, Eicheln. Wenn wir welche finden, auch im Winter? Das hab ich noch nicht gewußt. In den Büschen hängen noch die Samen der weißen Akazie? Ja, das stimmt, das habe ich auch gesehen ... nein! nein ... nein ... die gelbe Akazie brauchen wir nicht, Laborleiterin, die gelbe Akazie blättert zu früh. Die Blätter verdorren im Trockenwind. Dieser Baum wirft die Blätter ab und schützt das Land nicht genügend. Wir haben nicht die Absicht, sie noch anzupflanzen. Dann schon lieber Ölweiden und Heckenrosen."
Kusma zwinkerte den Brigadieren bedeutungsvoll zu, machte eine Kopfbewegung zu Nastja hin und hörte weiter zu.

„Linde?" fragte Nastja eben zurück. „Ja, wegen der Linden sind wir in einer schwierigen Lage. Wir haben nämlich keine, Laborleiterin! Im ganzen Kolchos steht nur eine einzige Linde, und die gehört der Tante Katerina privat! Und Tante Katerina setzt ihre Kartoffeln um sie herum, und diese Kartoffeln ... wie bitte? Gut, ich will mich kürzer fassen. Wir werden Linden finden? Ja, ich kann verstehen. Amerikanischer Ahorn? Auf keinen Fall! Im Verhältnis zur verfügbaren Bodenfläche vermehrt er sich zu schnell und verunkrautet geradezu das Land, Laborleiterin!"

Vorwurfsvoll schüttelte Kusma Awdeitsch den Kopf und zog Nastja an der Jacke:

„So kannst du doch nicht studierten Leuten antworten", meinte er. „Du sollst ja schließlich von ihnen lernen!"

Ärgerlich winkte ihm Nastja ab und sprach weiter in den Hörer:

„Was haben Sie gesagt? Ich weiß anscheinend alles besser?" Nastja wurde verlegen. „Aber ich bitte Sie, Laborleiterin, schließlich arbeite ich ja nicht das erste Jahr. Da muß ich doch Bescheid wissen, nicht wahr?"

„Einheimische Esche, Linde", notierte sie dann. Und weiter: „Lindensamen ist fünf bis sechs Monate im feuchten Sand aufzubewahren!"

„Stimmt, das hat der Forstmeister auch gesagt. Ganz recht. Der Lindensamen hängt an den Bäumen. Spitzblättrige Ölweide? Die haben wir. Bis Mai kann der Samen gesammelt werden? Das habe ich nicht gewußt, ich hatte angenommen, er würde erfrieren. Die Kiefernzapfen können bis April gesammelt werden; ja, ich weiß, das ist wert-

voller Samen! Das Kilo fünfundsiebzig Rubel, wenn man ihn kaufen müßte."
Nastja redete schnell und lebhaft, und wieder zwinkerte Kusma Awdeitsch den Brigadieren zu, als wollte er sagen: Da könnt ihr mal sehen, was für eine patente Gruppenleiterin ich habe!
„Wir besitzen Kornschwingen und Brecher für die Reinigung der Samen", fuhr Nastja fort. „Ist das alles? Haben Sie vielen, vielen Dank, Laborleiterin. Wie bitte? Ja, er ist hier, ich rufe ihn an den Apparat ... Sie werden verlangt! Die Laborleiterin ...", flüsterte Nastja kaum hörbar und übergab Kusma den Hörer.
Der nahm ihn und sagte würdevoll:
„Ja, bitte!" Schweigend stand er eine Weile mit dem Hörer am Ohr da, warf dann einen Blick auf Nastja und sagte:
„Wer will sie denn zurückhalten? Ich ganz bestimmt nicht. Wenn Sie darauf bestehen, kann ich sie freigeben, sogar für eine ganze Woche, wenn es der Sache dient."
Der Vorsitzende hängte den Hörer ein, und mit hochmütigem Gesicht erklärte er Nastja, daß er sie zum landwirtschaftlich-chemischen Kreislaboratorium abstelle. Sie solle an einem praktischen Ausbildungslehrgang in der Untersuchung der Keimfähigkeit von Samen teilnehmen. Dann hüllte er sich eine Weile in Schweigen, trommelte mit den Fingern auf dem Tisch, kniff die Augen zusammen, als könnte er so in die Zukunft sehen, und fügte hinzu:
„Ja, Nastja, man wird dich wohl zur Agronomin, zur Forstmeisterin ausbilden wollen. Wenn du die Herbstaussaat erledigt hast, fährst du also zum Lehrgang!"

„Das liegt noch in weiter Ferne“, entgegnete Nastja schnell, lief rot an und war sichtlich bemüht, ihre Freude zu verbergen. „Jetzt wollen wir aber die Angelegenheit mit der Linde besprechen. Man hat uns dringend geraten, den Samen der Linde zu sammeln. Daß Tante Katerina in jedem Jahr Kartoffeln um ihre Linde pflanzt, wissen Sie ja selbst. Und daß wir an die Linde nicht herankönnen, ist nicht das einzige, sondern, daß die Kartoffeln dem Boden wichtige Nährstoffe entziehen, ist viel wesentlicher. Ich schlage deshalb vor, einen Zaun um die Linde zu bauen und sie als Samenträger zu pflegen. Tante Katerina müßte für ihre Kartoffeln ein gleichwertiges Grundstück zugeteilt bekommen.“

„Wird gemacht“, erklärte sich der Vorsitzende mit tiefer Stimme bereit und zwinkerte wieder einmal verstohlen dem Rechnungsführer zu.

„Nun hat sie's geschafft, unsere Nastja!“ äußerte der Rechnungsführer und hielt seine Papiere fest, die durch den Luftzug von der Tür, die Nastja hinter sich geschlossen hatte, aufgewirbelt wurden.

„Sie beherrscht die Lage, besser gesagt: sie ist die Heldin des Tages!“

24

Nastja hatte Jascha mit dem Sammeln der Samen beauftragt, weil sie selbst zum Kreis fahren mußte.

Tief beeindruckt von den neuen Erkenntnissen, die sie

täglich zusammentragen konnte, war sie eine ganze Woche lang nicht aus dem Laboratorium herausgekommen. Zum erstenmal hatte sie den Aufbau eines Samenkorns durch das Mikroskop sehen dürfen und seine besonderen Eigenschaften kennengelernt.

Man hatte sie gelehrt, daß bei der Aussaat der Eicheln die Mykorrhize[1], dieser lebenspendende, kaum zu erkennende Schimmelüberzug, vor Verletzungen bewahrt werden mußte, um die Eichen vor späterem Kränkeln zu bewahren. Sie hatte ferner erfahren, daß eine Eichel keimfähig ist, sobald sich ein blutroter Schimmer um ihren Keim herum zeigt. Sie hatte zum erstenmal den Samen der Linde gesehen, der aus den aufgequollenen Hüllen gelöst wurde und einer winzigen blaßgrünen Spinne glich. Man hatte ihr gezeigt, wie die lebenden Pflanzensamen die Färbelösung nicht aufnahmen, während sich die toten willig färben ließen. Lange hatte sie den Samen des Maulbeerbaums betrachtet, dessen zartgrüne Lebenskeime fast sichtbar an Größe zunahmen, als er in die besonderen Glasgefäße gelegt wurde.

Sie hatte die fliegenden goldbraunen Samen der Birke kennengelernt. Tausende, ja, Millionen von Birken in einem einzigen kleinen Kasten! Sie hatte Kiefernsamen bewundert, der wie winzige braune Erbsen aussah und appetitlich nach Zedernüssen duftete, so daß sie sich nun erklären konnte, warum die Mäuse so begierig danach waren. Die kernigen Eicheln mit ihrem kräftigen und herben Geruch liebte sie besonders.

[1] Mikorrhize = Pilzwurzel.

Nachdem Nastja die Geheimnisse des Aufkeimens kennengelernt hatte, hielt sie die Samen von Pflanzen, die noch nach Jahrhunderten leben würden, mit ganz besonderen Gefühlen in den Händen.

Wenn sie sich entwickelten und ihre Kraft voll entfalteten, würde sich der Kommunismus längst über die ganze Erde verbreitet haben, die Grenzen zwischen den einzelnen Staaten würden verschwunden sein und Kriege für immer aufgehört haben. Die Menschen würden Ernten von einer heute noch unvorstellbaren Größe einfahren können, von Feldern, die unter der Obhut der Wissenschaft stehen würden. Die Ernten könnten dann im Schutz der Waldstreifen heranreifen, im Schutz der üppig wachsenden Eichen, Birken, Eschen und Linden.

Nastja schrieb in ihr Notizbuch:

„Die Lebensdauer der Linde beträgt 300 Jahre, die der Esche 250 Jahre; der Ahorn kann 100 Jahre leben. Die Birke wird bis 500 Jahre alt, und die Eiche erreicht sogar ein Alter von 1000 Jahren."

Als sie Abschied nahm, erhielt Nastja von der Laborleiterin 400 Gramm Samen vom Spitzahorn.

Nastja nahm also mit dem kleinen Päckchen in dem knisternden Papier das Leben von etwa 1000 jungen Bäumen mit.

25

Der Herbst hatte nun schon seine Herrschaft in den Schutzwaldstreifen angetreten, und nach und nach verloren die Bäume ihr Laub.
Zuerst warfen die Birken, früher als alle anderen, die Blätter ab, die goldgelb aussahen und vom Winde weit in die Steppe hinausgetragen wurden. Dann flatterten bald die rotgoldenen Ahornblätter durch die Luft. Nur die Esche behielt die grüne Färbung. Durch das Gitter der entlaubten Zweige leuchtete noch lange wie Glut das Laub der pyramidenförmigen wilden Birnbäume; und noch lange schimmerte der grüne Saum der Ölweide, die sich dem Herbst mit aller Kraft zu widersetzen versuchte. Auch die Eichen gaben nicht gern ihre Blätter her. In der diesigen Herbstluft leuchteten sie hellgolden und wirkten wie aus Metall gestanzt.
Dann aber waren die Herbststürme herangebraust, und selbst die letzten standhaften Kronen mußten ihre Blätter hergeben.
Als Nastja vom Kreis zurückkam, erfuhr sie als erste Neuigkeit die Absetzung des Chefagronomen.
Die ganze MTS hatte erleichtert aufgeatmet, als von der bevorstehenden Abreise die Rede war. Alle erzählten sich, daß Pestrak in seinen Lastkraftwagen so viel Lebensmittel geladen hätte, daß die Jungen gespöttelt hatten:
„Der hat wohl Angst, vor Hunger zu sterben!" In einem anderen Wagen waren zwei fette Schweine verladen, und weil sie vor Fett nicht mehr stehen konnten, hatten sie sich gleich mit einem satten Grunzen gesetzt. Dabei gab es für

die Jungen natürlich wieder genug zu lachen. Es hieß allgemein, Pestrak sei nach der Gebietshauptstadt versetzt worden. Er selbst hatte für die Verbreitung des Gerüchts gesorgt, indem er ausposaunte, er habe dort einen Kameraden und würde durch ihn eine gute Stellung bekommen. An Pestraks Platz arbeitete nun ein junger Mann, der einen leichten Gang hatte, der einfach gekleidet und dessen Mütze von der Sonne ausgeblichen war. Er hieß Lawrenti Sorewoi.

Mit bisher ungekanntem Schwung entwickelten sich in diesem Herbst die Arbeiten der Sotower MTS. Die Bodenbearbeitung für den Staatlichen Schutzwaldstreifen sowie der Anbau und die Pflege der Waldanpflanzungen auf den Kolchosländereien wurden in den Produktionsplan aufgenommen.

In einem wackligen kleinen Wagen jagten Pjotr Wassiljewitsch und der neue Chefagronom nun über die Straßen der Steppe, maßen aus, kletterten in die Senken hinunter und schritten die lockeren Sandschichten ab.

Lawrenti hatte schon auf den Sandflächen des Don und Zymljan Wald angepflanzt. Sein ganzes Leben bestand aus dem Kampf mit der Natur, nur so erklärte sich sein leichter Gang, der an den eines Jägers erinnerte. Im Großen Vaterländischen Krieg hatte er als Pionier gedient und machte sich die ständige Bereitschaft zum sofortigen Einsatz als Besonderheit dieses Berufes zu eigen. Was die MTS anbelangte, so kam er gerade im richtigen Augenblick. Dieser Mann paßte in die neue Zeit, die Zeit des großen Stalinplans zur Umgestaltung der Natur.

Wenn der Direktor, der Obermechaniker, der Forstmeister und der Chefagronom abends im Büro zusammenkamen, wenn die vier Köpfe sich über die Landkarte beugten, erinnerten sie an den Stab eines Kriegsschauplatzes. Man konnte glauben, hier würde ein Plan für militärische Operationen entworfen.

Es war ja auch noch gar nicht so lange her — kaum fünf Jahre —, daß der Stab des Marschalls Tolbuchin in dieser Gegend gelegen hatte, und zwar in dem Tannenwald, der um die staatliche Baumschule herum gepflanzt worden war, nicht weit vom Gehöft der MTS. In diesem Gehöft brachte man damals die durchmarschierenden Truppen unter. In der Werkstatt wurden die Panzer repariert. Die gesamte arbeitsfähige Bevölkerung der MTS und die Kolchosbauern waren mitten im Winter zum Schützengräbenbau beordert worden, um den Boden mit Brechstangen aufzustemmen und Straßensperren anzulegen. Sie hatten in ungeheizten Baracken gewohnt, von Grütze aus halbgarem Weizenkorn gelebt und sich in Bodenspalten vor den Messerschmitts verstecken müssen, die nur so über die Steppe jagten.

Erinnerte nicht auch das Massengrab auf dem Platz vor dem Klub, das stets sorgsam mit Tannenzweigen und roten Bändern geschmückt wurde, an diese Zeit? Ja — auch all die alten Wunden, die zu schmerzen begannen, wenn sich das Wetter änderte, und die Lücken in den Familien, die in den Kolchosen zurückgeblieben waren. All das erinnerte noch daran. Und die Kinder, die keine Väter mehr, die Bräute, die den Liebsten verloren hatten, und die zugeschaufelten Schützengräben, die sich wie Narben durch

die Steppe zogen — all das ließ die Menschen an die Vergangenheit denken.
Über die Gruben der früheren Unterstände und Brustwehren der MG-Nester wucherte das Steppenunkraut.
Aber die Felder, auf denen während des Krieges Getreide und Luzerne gestanden hatten, waren schon wieder gepflügt, waren vor und nach dem Wenden der Scholle frisch besät worden. Auf den neuen Feldern hatte man Gras wachsen lassen, und in jedem zweiten Jahre wurde umgepflügt. So war die Saatfolge wieder neu erstanden.
Die während des Krieges verwilderten Waldstreifen hatte man gesäubert, und bald sah ihnen keiner mehr an, wie schlimm sie in den Jahren des Krieges gelitten hatten, vollgestopft mit allerlei Gerümpel.
Doch den Schlußstrich unter die schrecklichen Jahre dieses unerhörten Krieges zog nun endgültig der große Stalinplan. War es nicht so, als schäume plötzlich eine Riesenwoge in einem unermeßlichen Ozean auf und höbe die gesamten Kräfte eines Volkes auf die Spitze? Oh, dieser niemals zu bezwingende Wille, das Leben aufzubauen!
Eine neue Generation von Aufbauwilligen war durch diese gewaltige Welle emporgetragen worden. Nun traten die Abteilungen hervor, die neuen Kämpfer für den Kommunismus.
In seinem Büro auf der MTS schlug Pjotr Wassiljewitsch eines Morgens die Zeitung auf und las:
„Die Komsomolzen einer ganzen Reihe von Gebieten und Städten, die von dem Stalinplan zur Umgestaltung der Natur begeistert sind, stellen sich in die vordersten

Reihen der Kämpfer um die Verwirklichung des Plans, den Kampf mit der Dürre aufzunehmen."

Lawrenti Sorewoi betrat das Büro: „Die Hydrologen sind angekommen, Pjotr Wassiljewitsch", meldete er. „Fahren Sie los und zeigen Sie ihnen, wo wir die Anlage neuer Wasserflächen vorgesehen haben!"

„Gleich — erst sehen Sie mal her!" Der Forstmeister hielt dem Chefagronomen die Zeitung hin. „Da ist auch von unserer Gegend die Rede. Statt in einem Zeitraum von fünfzehn Jahren soll der Schutzwaldstreifen Kamyschin-Stalingrad nun in dreieinhalb Jahren angelegt werden. Der Komsomol hat sich in Bewegung gesetzt — mit seiner gesamten Masse und im ganzen Land. Es sind die Schulkinder von gestern. Stellen Sie sich das vor!"

Lawrenti Sorewoi überflog den Artikel und sah Pjotr mit seinen klaren scharfen Augen an, um die sich tiefe Falten gruben.

„Wissen Sie, was diese Menschen so schnell in Reih und Glied geführt hat? Eine Politik, die sich mit der Wissenschaft vereinigt hat! Durch den Stalinplan sind diese beiden Gebiete — Politik und Wissenschaft — miteinander verschmolzen worden! Bei dieser gigantischen Aufgabe wird die noch unreife Nachkriegsjugend schnell zur Reife gelangen!"

Der Chefagronom stand auf und schloß mit genauen und knappen Bewegungen sämtliche Knöpfe seiner warmen Jacke.

„Sie fahren jetzt also mit den Hydrologen, Pjotr Wassiljewitsch! Ich selbst werde mit dem Obermechaniker gehen, um die Ausrüstung für die Schutzwaldstation zu übernehmen. Es sind fünf Lastwagen angekommen, die eben abgeladen werden."

In diesem Augenblick wurde die Tür weit aufgerissen, und der Direktor kam herein. Er ließ eine Gruppe junger Leute in das Büro eintreten, die verschieden gekleidet waren. Die einen trugen Regenmäntel, andere einen städtischen Übergangsmantel, einige hatten auch Militärmäntel aus der Kriegszeit an. Was ihnen aber allen gemeinsam war, war der Ausdruck restloser Hingabe in ihren Gesichtern. Sie glaubten an die Erfüllung ihrer Aufgabe und wollten sich nicht einmal setzen.

„Das sind die Teilnehmer einer besonderen Lehrfahrt. Sie wollen unsern Komsomol-Waldabschnitt in dem staatlichen Schutzwaldstreifen besichtigen", erklärte der Direktor und stellte dem Chefagronomen und dem Forstmeister die jungen Leute vor.

„Wir haben aber davon gesprochen, daß sich der Komsomol den ganzen großen Plan zu eigen gemacht hat", sagte der Forstmeister mit strahlendem Lächeln.

„Zu eigen gemacht? Das ist gut gesagt", lachte der kleinste der jungen Leute vergnügt auf. Er trug einen langen Militärmantel.

Kurz danach lag das Gehöft der MTS leer da. Alles Leben war in die Steppe hinausgezogen. Nur in der Werkstatt surrten die Maschinen unermüdlich weiter, und aus der Schmiede drang das helle Eisenklirren in die Weite der Steppe hinaus, über der bereits die Schleier der Herbstnebel lagen.

26

An einem Tag im Spätherbst, als die Sonne plötzlich ganz warm schien und die vom Morgenreif weißlich schimmernde Steppe überstrahlte, beendete Nastjas Gruppe das Anpflanzen des letzten Streifens.
Sina bemerkte die haltende Kraftwagenkolonne auf der weit entfernten Chaussee zuerst und stellte fest, daß sich viele Menschen auf den Schutzwaldstreifen zubewegten.
„Sieh mal, Nastja, da kommt ein ganzer Hochzeitszug", rief sie laut und übermütig, die Hände als Schalltrichter an den Mund gelegt.
„Warum schreist du denn so?" fragte Nastja ein wenig ärgerlich. Sie war nicht weit von Sina mitten bei der Arbeit. „Ich sehe es doch auch!"
Rasch näherte sich die Gruppe von etwa dreißig Personen. Ein großer Mann im Regenmantel ging, während er die Mütze lebhaft schlenkerte, mit weitausholenden Schritten an der Spitze.
„Das sind die Teilnehmer einer Lehrfahrt, die die Krasnower MTS veranstaltet. Vorn geht der Direktor", stellte Nastja fest. Sie schützte die Augen mit der Hand und sah hinüber. Dabei hatte sie das Gefühl, als liefen ihr Kälteschauer über den Rücken. „Sie kommen hierher, um sich unsere Arbeit anzusehen."
Ohne zu zeigen, wie sehr sie der Besuch eigentlich aufregte, meinte sie streng zu allen, die ihre Arbeit hingelegt hatten:
„Was gafft ihr denn? Geht an eure Arbeit! Sie kommen her, um sich unsere Arbeit anzusehen!"

Die Mädchen und die Jungen der Gruppe gaben Nastjas Weisung rasch über den ganzen Streifen weiter, und bald waren alle wieder in ihre Arbeit vertieft.

Wer die Wurzeln der Setzlinge stutzen mußte, schwang das kleine Beil noch eifriger.

Wer einen Setzling zu stecken hatte, drückte die Erde um ihn noch sorgfältiger fest.

Wer mit dem Kolessow-Schwert die Grube ausheben sollte, stach es noch schwungvoller in den lockeren Boden.

Wer die Setzlinge auf Tragen heranbringen mußte, beschleunigte seine Schritte.

„Unsere Arbeit ansehen, sie wollen unsere Arbeit ansehen", raunte es durch die ganze Kette.

Als die Besucher schließlich ganz nahe herangekommen waren, warf keiner der Arbeitenden auch nur einen Blick auf sie.

Der Direktor der Krasnower MTS biß sich auf die Lippen, um nicht lachen zu müssen; er hatte verstanden.

Sie haben ihren Stolz, diese Prachtkerle! dachte er und sah ihnen bei der Arbeit zu.

„Ah ... da ist ja eine alte Bekannte", rief er aus, als er Nastja entdeckte. „Sehen Sie, ich halte mein Versprechen und bringe Ihnen meine Kolchosbauern!"

„Guten Tag!" grüßte Nastja zurückhaltend und zupfte sich das karierte Kopftuch zurecht. „Guten Tag! Guten Tag!" kam es von den Besuchern zurück. Frauen, einige Jugendliche und mitten unter ihnen ein altes Männlein betrachteten neugierig den lockeren Boden, als wäre das hier ein ganz besonderer Boden, den sie noch niemals gesehen hatten. Nastja sah ihnen an, daß sie verlegen waren.

Da aber die Besucher feststellten, daß der Boden genau so vorbereitet worden war wie bei ihnen und daß man die gleichen Furchen gezogen hatte, überwanden sie bald alle Hemmungen. Auch die Setzlinge waren die gleichen, und sogar die Menschen. Sie trugen die gleichen gesteppten Jacken, Kopftücher, kurzgeschürzten Arbeitsröcke und Mützen, die von der Sonne ausgeblichen waren.

„Wenn es Ihnen recht ist, können wir ja einmal über den Streifen gehen", schlug Nastja vor.

„Seht euch alles genau an und lernt!" fügte der Direktor für seine Leute hinzu und begleitete sie auf dem meterbreiten Streifen, der an der Anpflanzung entlangführte.

„Hier haben wir die Setzlinge angehäufelt, die noch gepflanzt werden sollen. Sie müssen dünn geschichtet liegen, weil sie sonst faulen. Es ist ratsam, sie nicht lange so liegen zu lassen, weil sie leicht verderben können und von den Nagetieren angefressen werden", erklärte Nastja mit heller Stimme.

„Seht ihr", wandte sich der Direktor an die Kolchosbauern. „Bei euch verdarb in einem Kolchos eine ganze Serie des Pflanzenmaterials, weil niemand auf das Einlagern achtete. Lernt also hier, wie man es richtig macht! Was die Waldanpflanzungen anbelangt, so ist dies hier der fortschrittlichste Kolchos des Kreises!"

„Warum streut ihr denn noch Erde darüber?" fragte das alte Männlein, das neben Katerina stehengeblieben war, und lockerte den Schal, den es sich um seinen Hals geschlungen hatte. „Wir setzen nur ein, treten die Erde fest, und damit fertig!"

„Das tun wir, damit sich die Feuchtigkeit länger hält",

erklärte Katerina und neigte ihr schmales, streng wirkendes Gesicht dem alten Mann zu. „Über die festgetretene Erde läuft der Regen ab, die lockere Erde dagegen saugt ihn auf."

Bald hatten die Besucher eingesehen, daß rein äußerlich Boden und Menschen gleich waren; in Wirklichkeit aber herrschte hier ein ganz anderes Können, eine reichere Erfahrung, und man konnte wirklich manches lernen. Sie sahen sich die tadellos gezogenen Reihen und den tiefer durchgepflügten Boden an. Sie überzeugten sich selbst, wie fest der gepflanzte Setzling im Boden steckte; er gab nämlich nicht nach, wenn man ihn mit zwei Fingern faßte und daran zog! Die Krasnower waren da oft gleichgültig und ließen den Setzling, der eben erst in den Boden gesteckt wurde, verdorren.

Mit heimlichem Stolz führte Nastja ihre Gäste über den ganzen Pflanzungsstreifen und erzählte ihnen alles, was sie darüber wußte.

„Direktor", rief sie, als die Besucher sich gerade etwas von Sina erklären ließen. „Direktor, ich möchte Sie etwas fragen", flüsterte sie dann und zog den Mann am Ärmel. „Ist der bewußte Agronom mit hergekommen? Sie wissen doch, dieser Getreidemann, von dem Sie damals gesprochen haben?"

„Natürlich, ich erinnere mich", lachte der Direktor. „War das nicht Koroljow? Dort steht er, in der dicken schwarzen Jacke mit den gewichsten Stiefeln. Artemi Sacharowitsch", rief der Direktor den jungen Mann, „komm doch mal her!"

Der braungebrannte Mann mit der aus der Stirn geschobenen hellgrauen Mütze trat rasch näher und sah mit seinen lebhaften schwarzen Augen fragend auf den Direktor. Doch der entfernte sich plötzlich und gesellte sich wie zufällig zu den anderen.

So plötzlich allein gelassen, standen sich Nastja und der junge Agronom gegenüber. Beide waren verlegen.

Nastja begann als erste zu reden. „Sie dürfen dabei nichts Unrechtes denken, aber ... ich habe schon von Ihnen gehört!" Das Mädchen warf den Kopf zurück, um dem Jüngling ins Gesicht sehen zu können, der hochgewachsen wie ein junger Eschenbaum vor ihr stand.

„Ich begreife nicht, worum es sich eigentlich handelt", erwiderte er zögernd und sah sich dabei unruhig nach dem Direktor um, der mitten unter den andern stand, die Hände auf dem Rücken, als wüßte er von nichts.

„Sie können also nicht begreifen!" stellte Nastja bedauernd fest. Der junge Mann wurde dunkelrot.

„In der Komsomolversammlung bin ich schon genügend bearbeitet worden. Das langt, denke ich!"

„Oh — glauben Sie denn, daß ich Sie ‚bearbeiten' will?!" rief Nastja aus. „Ich will doch nur ... ich möchte ... daß Sie ... überhaupt ... na ja ..."

Der Agronom lachte, und Nastja gewann plötzlich den Eindruck eines harmlosen und außerordentlich sympathischen Burschen. Er tat ihr sogar leid.

„Ich wollte Ihnen nichts Häßliches sagen ... nur ... es gibt so viele Getreidefachleute, Forstmeister dagegen keine", meinte sie und fiel gleich mit der Tür ins Haus.

Der junge Mann machte plötzlich ein böses Gesicht: „Wer hat denn das schon wieder ausgeplaudert?" Seine Augen sprühten Feuer. „Wenn man in Krasnowka niest, weiß es in Sotowka bereits jeder Einwohner. Ich werde aber das tun, was mir paßt.“

„Was heißt hier ‚ausgeplaudert‘?“ fragte Nastja herausfordernd und faßte gleichzeitig den Entschluß: Wenn er eben so dickköpfig war, dann sollte er auch alles gestehen müssen und zusehen, wie er sich herauswand. Ihr Wohlwollen und Mitleid für ihn war augenblicklich verschwunden. Armseliger Geldjäger, der ... und dabei will er Mitglied des Komsomol sein! schürte Nastja den Zorn in sich.

Der Direktor blickte flüchtig hinüber.

„Das ist ja allerhand“, lächelte der Agronom, „kaum haben wir uns getroffen, da zanken wir uns schon!“

„Keine Spur — aber das sind die Schlimmsten, die als erstes ihr Einkommen im Auge haben! Augenblick noch ...“ sie hielt den Agronomen fest, der eine scharfe Wendung machte und gehen wollte. „Wissen Sie, wie unser Forstmeister Pjotr Wassiljewitsch nach Sotowka gekommen ist? Einer von unsern Brigadieren, der gerade mit dabei war, hat es mir erzählt: als Pjotr Wassiljewitsch seine Ausbildung am Institut beendet hatte, wurden ihm mehrere Stellungen angeboten. Man legte ihm die Liste mit den verschiedenen MTS vor: ‚Hier sind die und die Bedingungen zu erfüllen — bei dieser hier ist allerdings nicht viel zu verdienen.‘ Er aber sagte: ‚Packt alle Vorschläge wieder ein; ich gehe dorthin, wo ich am meisten gebraucht werde!‘ Da ist der Verwalter aufgestanden und hat ihm die Hand gedrückt!“

„Nastja“, rief jemand von dem Pflanzstreifen herüber.

„Wie haben wir den Lindensamen aufbewahrt? Komm, erkläre mal!"
„Gleich!" gab Nastja zurück, wandte sich wieder an den Agronomen und redete hastig auf ihn ein: „Mit welchem Recht haben Sie sich geweigert, das Fach eines Forstmeisters zu übernehmen, obwohl die Krasnower MTS dringend einen Forstmeister braucht? Und Sie wollen ein Komsomolze sein?"
„Das ist ja wirklich allerhand." Der Agronom verzog wieder böse den Mund. „Bin ich etwa verpflichtet, Ihnen Rechenschaft darüber zu geben? Das habe ich noch gar nicht gewußt!"
„Ein feiner Komsomolze", warf Nastja verächtlich hin. „Arbeitet nur dort, wo er am meisten verdienen kann!"
Damit lief sie zu den anderen hinüber.
Der Agronom aber schloß sich wieder seinen Leuten an und tauchte bald in der Menge unter.
Noch lange unterhielten sich die Besucher mit Nastja und ihrer Gruppe. Hin und wieder zückte einer seinen Notizblock. Alle Kolchose der Krasnower MTS waren hier vertreten, einfache Kolchosbauern, Brigadiere und mehrere Agronomen der Kolchose. Der Agronom Koroljow aber richtete es so ein, daß er bis zum Schluß der Besichtigung nicht mehr in Nastjas Nähe kam.
Beim Abschied sagte Nastja zu dem Krasnower Direktor: „Sie haben doch auf Ihrer MTS den berühmten Hirten Iwan Terjochin? Bringen Sie ihm von unserer Gruppe herzlichsten Dank!"
„Verstehe schon." Der Direktor wurde verlegen. „Dank

in Gänsefüßchen, nicht wahr? Hat wohl wieder Schaden angerichtet?"
„Nein, nein! Aufrichtigen herzlichen Dank! Er weiß schon Bescheid."

27

Den Rest des Tages war Nastja verstimmt und wortkarg.
„Warum bist du so komisch, was fehlt dir denn?" fragte Sina auf dem Heimweg.
Nastja berichtete ihr die Sache mit Koroljow.
„Bist du aber dumm", entgegnete Sina ehrlich erstaunt. „Willst du dir um jeden einzelnen das Herz schwer machen?"
„Wenn es also nach dir ginge, dann dürfte ein Komsomolze einfach abseits stehen und ruhig zusehen, wie alles ringsumher zugrunde geht?" fragte Nastja empört und fühlte sich zum erstenmal ihrer Freundin irgendwie entfremdet, weil sie offenbar nicht verstehen wollte. „Warum gleich ‚zugrunde' gehen? Er geht dich doch nichts an!" sagte Sina sorglos.
„So wirst du nicht weit kommen, meine Liebe", sagte Nastja zornig. „Du machst es dir zu bequem im Leben! Da pfeift vor deinen Augen ein Komsomolze auf das gemeinsame Werk, strebt einzig und allein nach dem persönlichen Vorteil, und dich berührt das nicht einmal!"
Als Nastja schon im Bett lag, dachte sie noch lange über all das nach. Sie durchlief in Gedanken ihren Weg in den

letzten Jahren. Ihr ganzes kurzes Leben, seit sie begonnen hatte zu arbeiten, rollte vor ihr ab. Wie oft hatte sie kämpfen und sich mit Kusma Awdeitsch herumzanken müssen; wieviel Unannehmlichkeiten hatte es in der Gruppe gegeben, ehe die Arbeit endlich in Gang gebracht werden konnte. Aber niemals war sie auch nur auf den Gedanken gekommen, eine andere Arbeit könnte vielleicht mehr einbringen und es würde woanders vielleicht vorteilhafter für sie sein! Dagegen würde es eines Tages ein großer Vorteil für den Kolchos sein, wenn es erst einmal so weit war, daß alle Waldanpflanzungen planmäßig und sogar überplanmäßig angebaut waren. Wenn das Werk erst von Erfolg gekrönt war, dann würde auch Nastja ihr Glück finden.

Nastja versuchte sich vorzustellen, wie sie dann zu Pjotr Wassiljewitsch sagen würde: „Lassen Sie mich zu dem Mähdrescher gehen, da wird mehr Lohn gezahlt!“ Brennend heiß wurde ihr bei diesem Gedanken, und sie mußte die Decke wegschieben. Wieder sah sie deutlich das verärgerte Gesicht des Krasnower Agronomen mit den zusammengewachsenen Brauen und rief sich seine Worte ins Gedächtnis zurück: „Ich tue das, was mir paßt!“

„Alles gut und schön“, dachte sie dann weiter. „Wir werden die Felder hochbringen, die Unkrautpflanzen vernichten und beste Ernten erzielen. Aber was sollen wir mit solchen Menschen anfangen?“

In Gedanken sah sie dann neben Koroljow plötzlich Jascha stehen. Ob Jascha wohl auch erklären würde: „Ich tue das, was mir paßt!“? Nastja kam das einfach unmöglich und lächerlich vor. Jascha war es doch schließlich gewesen, der die Sorge um die Arbeit auf sie übertragen hatte; besser gesagt, sie sorgten und beunruhigten sich beide in gleicher Weise um das Gelingen des großen Werkes. Mochten es nun die Waldanpflanzungen oder irgend etwas anderes sein! Jascha — sie hatte noch nie richtig über ihn nachgedacht. Und doch stand bei jedem Tun und all ihrer Mühe um den Erfolg immer Jascha neben ihr! Warum hatte sie nicht schon früher ernsthaft über Jascha nachgedacht? Erst durch die Begegnung mit diesem Koroljow war ihr Jascha plötzlich in anderem Licht erschienen. Durch Jascha hatte sie zu den Komsomolzen gefunden. Die Partei — das Vorbild für jeden Menschen, der würdig war, Parteimitglied zu werden, war durch Pjotr Wassiljewitsch verkörpert. Ach, ja, Pjotr — würde er wohl imstande sein, von einem persönlichen Vorteil zu sprechen?

Diese Möglichkeit kam ihr ganz ungeheuerlich vor. Es war, als ob alles ringsum plötzlich zusammenbräche und in der weiten Welt nur sie ganz allein zurückbleiben müßte. Nastja holte tief Atem. Sie konnte nicht mehr liegen bleiben, nahm ein Tuch um die Schultern, schob den Bettvorhang zur Seite, lief durchs Zimmer, kniete sich auf die Fensterbank und blickte in die Nacht hinaus.

Der hinter dem Haus aufgehende Mond warf schwarze Schatten über den Weg. Dumpf erklang das Rufen des Wächters am andern Ende des Dorfes.

Die Mutter bewegte sich im Bett und hob den Kopf. Sie erblickte Nastja am Fenster und sagte erschrocken:

„Fehlt dir etwas?"

„Nein — laß mich doch, Mutter! Hab ich dich gestört? Schlaf nur ruhig weiter!"

Eine ganze Weile noch beobachtete Agafja Danilowna besorgt die Gestalt ihrer Tochter, die sich vor dem Viereck des Fensters dunkel abhob, legte sich dann seufzend auf die andere Seite und murmelte mit trockener Stimme vor sich hin:

„Daß ich nur nicht vergesse, morgen früh den Lukjanows den Flechtkorb zu bringen.“ Dann hustete sie noch ein bißchen und schlief wieder ein.

Eine Maus raschelte unter dem Ofen. Federnd wie ein Ball sprang die Katze von der Bank herunter. Dann war alles wieder still.

Nastja mußte daran denken, wie im Krieg die durchziehenden Soldaten hier in den Häusern einquartiert worden waren. Auch bei ihnen hatten mehrmals Soldaten übernachtet. Schlicht und anspruchslos waren sie dann wieder weitergezogen. Wie oft hatten sie und die Mutter sich daran erinnert: die Männer nahmen nie etwas, ohne zu fragen, tranken am Morgen etwas Milch, bedankten sich für die Unterkunft und kehrten dann zu ihrer Abteilung zurück. An einen konnte sie sich besonders genau erinnern. Er war ein flinker Bursche mit hellblondem Haar, und wenn er sich wusch, konnte man seine Armmuskeln sehen, die sich zu richtigen Ballen wölbten. Er war Lokführer und hatte beim Abschied zu Mutter und ihr gesagt: „Mein Bahnhof ist hier ganz in der Nähe, nur etwa hundertsiebzig Kilometer entfernt. Wenn wir die Verfluchten geschlagen haben und ich wieder heimkommen kann, werde ich euch mal besuchen.“

Er war nie wiedergekommen. —

Hätten solche Menschen es fertiggebracht, eines persönlichen Vorteils wegen ihr eigenes Leben vom Schicksal der ganzen Heimat loszulösen? Unnütze Frage! Also durfte auch jetzt in einem Sowjetmenschen niemals eine derartige Frage auftauchen. Nie und nimmer!

Konnte denn jemand für die Zukunft arbeiten, der in allem und überall nur seinen eigenen Vorteil suchte? Nein!

Koroljow hatte ja auch zu dem Direktor gesagt: „Was reden Sie mir da von Zukunft?" Unsere helle Zukunft, für die Lenin gelebt hat, für die Stalin arbeitet und lebt ...

Was mußte man denn tun?

In dieser Nacht nahm sich Nastja fest vor, in ihrem ganzen Leben niemals gleichgültig zu sein, wenn etwas den Kommunismus hemmen wollte. Sie preßte die Finger ihrer kleinen Hände zusammen und flüsterte:

„Das schwöre ich dir, Stalin!"

Einige Minuten sah sie noch auf die Straße hinaus und blickte auf die gefrorenen, mit Reif überzogenen Radspuren, die vom Mondlicht überflutet wurden. Jetzt war ihr leicht und ruhig zumute, und sie legte sich wieder hin.

Nicht wenige leben im Sowjetland, die das große Glück hatten, Stalin selbst zu sehen, aber es gibt hier wohl kaum einen Menschen, der sich nicht intensiv mit Stalin beschäftigt hätte.

In dieser Nacht träumte Nastja von ihm.

Mitten im Waldstreifen arbeitet die kleine Nastja in ihrer grünen Winterjoppe mit dem auf die Schultern gerutschten Kopftuch. Ganz einfach, ohne Kopfbedeckung, mit verstaubten Stiefeln steht der große Stalin da und sieht ihr zu. Ringsum recken sich die jungen Birken, Eichen, Eschen und Ahorne empor. Der Wind weht durch

Stalins Haar, das mit Silberfäden durchzogen ist. Und er zeigt auf die Schutzwaldstreifen, die sich in der Ferne verlieren, und spricht:
„Dort ist sie — unsere Zukunft, Nastja! Wir leben schon mitten drin!"
Der Wind weht stärker. Die Bäumchen beugen sich herab und schütteln trotzig ihre kleinen Wipfel. Stalin sieht die Bäumchen an, und Nastja versteht die Worte:
„Unser Wald wird leben!"

28

Einsam schimmerte über den Schneeflächen hoch oben die Milchstraße in fernem blauen Licht. Eine große Stille lag über dem Dorf, nur am Rand der langen Häuserreihe kläffte ein Hündchen mit heller Stimme immer wieder. Irgendwo in einem Stall muhte schläfrig eine Kuh. Aber auch diese Laute verhallten allmählich in der feierlichen Ruhe der winterlichen Dorfnacht.
Durch die Holunderzweige vor Nastja Sissowas Haus drang noch lange heller Lichtschein. Nastja bereitete sich für ihre Reise in die Gebietshauptstadt vor. Sie sollte zwei Monate lang an einem Lehrgang für Waldanbau-Gruppenleiterinnen teilnehmen. Geschäftig huschte Agafja Danilowna durch den Raum und suchte das einfache Reisegepäck der Tochter zusammen.
„Wozu packst du mir denn so viel Butter ein, Mutter?" fragte Nastja. „Dort haben wir doch Gemeinschaftsver-

pflegung. Sollen denn die Jungen über mich genau so lachen wie damals über Pestrak?" Sie kramte also die umfangreiche Blechbüchse mit frischer Butter wieder aus ihrer gelben Reisetasche.

„Du bist doch meine Einzige! Ich habe immer Angst, daß du krank werden könntest", verteidigte sich die Mutter.

„Alle vier Kleider willst du mitnehmen?" fragte sie dann verwundert, als Nastja ihre schmucken neuen Kleider geschickt glattstrich und obenauf in den Koffer legte.

„Du wirst dort kaum Zeit haben, dich hübsch zu machen!"

„Aber Mutter, ich bitte dich! Das eine schließt doch das andere nicht aus!" erwiderte Nastja, schob den Riemen durch die Schlaufe und zog ihn fest an.

„So! Und jetzt laß uns Abendbrot essen und dann schlafen gehen! Langweile dich nicht zu sehr, wenn ich weg bin", redete sie weiter und trank dabei hastig ihre Milch.

„Wenn ich dir etwas wegen der Schutzwaldstreifen schreibe — es könnte immerhin sein, daß du die Schneeverwehungen oder sonst etwas nachprüfen müßtest — dann tu das bitte!"

„Schon gut, schon gut. Ich werde schon alles richtig machen. Wann wäre ich schon mal nicht für dich dagewesen?"

„Ich habe zwar Katerina damit beauftragt, aber ein Nachprüfen kann nicht schaden."

„Wie ist das nun eigentlich, Kleines, wirst du jetzt zur Agronomin ausgebildet?" fragte die Mutter vorsichtig.

„Ach, Mutter, das dauert noch ein Weilchen. Hier handelt es sich vorläufig nur um eine Fachschulung für Gruppenleiterinnen. Der Umfang der Arbeiten hat sich auf

Grund des Stalinplans erheblich vergrößert. Wir wollen ihn vor der Frist erfüllen, und dazu müssen wir erreichen, ausgezeichnetes Pflanzenmaterial mit einer hundertprozentigen Lebensfähigkeit heranzuziehen. Neue Methoden sollen angewandt werden, Mutter, zum Beispiel eine dichtere Aussaat nach der Methode von Lyssenko. Man wird uns in Biologie unterrichten. Pjotr Wassiljewitsch sagt, daß die Gruppenleiterinnen biologische Kenntnisse haben, über das Leben einer Pflanze Bescheid wissen und ihre Gesetze kennen müssen."

Wie hübsch sie ist! Gott segne dich, mein kluges Kind, du wirst dein Glück finden, dachte Agafja stolz. Das Herz voll zärtlicher Liebe, blickte sie verstohlen in Nastjas Gesicht, das im Lampenschein rosig schimmerte, betrachtete das energische Kinn, die gesenkten weizenblonden Wimpern und den hellen Strich der Augenbrauen darüber. Gewiß, ein Mädchengesicht wie viele andere — aber wunderschön, fand die Mutter.

Das Herz einer Mutter ist nun einmal ehrgeizig. Agafja Danilowna erhoffte jedenfalls ein nicht alltägliches Schicksal für Nastja, und sie schien dabei überhaupt nicht bemerkt zu haben, daß Nastjas Altersgenossinnen ihrer Tochter in vielem glichen, und daß diese gesamte kluge und flinke Generation sich gewissermaßen am gleichen Tag in Marsch gesetzt hatte und nun gemeinsam den steilen Weg emporzuschreiten begann.

Als es am nächsten Morgen am Fenster klopfte — der Frost hatte die Scheiben mit zierlichen Blumen geschmückt —, schlüpfte Nastja schnell in ihren Pelz und wand sich den weichen Schal um den Kopf.

Dann umarmte sie die Mutter, und selbst durch den Pelz hindurch spürte Agafja Danilowna, wie heftig das Herz ihrer Tochter klopfte. Wie weggeblasen schien die ganze Gelehrsamkeit des Mädchens. Von der sachlichen Strenge, vor der die Mutter so häufig ängstlich jedes unbedachte Wort vermied, war nichts mehr zu spüren. Nastja war nun wieder das gleiche sorglose kleine Mädchen wie mit sieben Jahren.

„Mütterchen", schluchzte Nastja, „meine liebe, gute..."

Agafja Danilowna küßte die feuchten Augen und die kühlen Wangen ihrer Jüngsten mit zuckendem Gesicht, die Tränen wollten ihr kommen. Aber da hatte Nastja schon die Reisetasche gefaßt und war hinter der Tür verschwunden.

In der Frostluft lag ein Duft wie von frischen Melonen. Schon hatte sich die Sonne vom fernen verschneiten Horizont gelöst und überschüttete die Schneefläche mit bunten glitzernden und tanzenden Funken. Festlich strahlte ein in herrlichstem Blau leuchtender Himmel über der Welt.

Vor Nastjas Blicken vereinten sich Frost, Sonne und Himmel zu einem einzigen Ganzen.

Agafja Danilowna schaute durch das Fenster und erkannte die eingemummte Sina im Schlitten. Eilig zog sich die Mutter ihren Schafspelz über.

Nastja lief inzwischen um den Schlitten herum, stopfte die Reisetasche unter den Kutschersitz und setzte sich neben Sina.

„Seid ihr endlich fertig?" fragte hochmütig der Junge, der die Zügel hielt, und guckte aus dem hochgestellten

Kragen des Bauernpelzes hervor, der ihm weit über den Kopf reichte. „Setzen sich zurecht wie Gänse aufs Nest."
„Willst du wohl endlich deinen Mund halten, Wowka", schrie ihn Sina an. Zu Nastja gewandt, meinte sie: „Was ich mir schon habe anhören müssen, seit wir vom Stall abgefahren sind. Mal sind wir gnädige Frauen, mal Gänse! Was der sich so einbildet!"
Als Wowka die Pferde antreiben wollte, tönte es hinter ihnen: „Halt!"
Nastja blickte sich um und sah den frostgeröteten Jascha näherkommen. Seine Haare waren dick bereift. Er steckte Nastja ein viereckiges Päckchen zu, das in eine Zeitung gewickelt war. Auf der einen Seite guckte das braungebackene Ende einer Pastete hervor.
„Die hat Mutter gebacken!" erklärte Jascha, und nun lag auch das gleiche Päckchen auf Sinas Knien.
„So ein Affe", lachte Sina laut heraus.
Jascha ergriff Nastjas Hand, die in einem Fäustling aus grober Wolle steckte, drückte sie fest, legte dann noch seine andere Hand darüber und sagte leise:
„Nastja, vergiß mich nicht!"
Vor seiner leisen Stimme und seinem Blick, so dicht vor ihrem Gesicht, spürte Nastja plötzlich süßes Erschrecken und eine unbegreifliche Freude. Ihr war, als sähe sie diese tiefblauen Augen zum erstenmal. Sie betrachtete seinen scharfgeschnittenen Mund und das winzige Muttermal an der Wange. Die Stimmen der Komsomolzen, die nun angelaufen kamen, hörte Nastja nur noch wie im Traum:
„Ach — wie ich euch beneide, Mädels!" rief Dussja, faßte von hinten Nastjas Schulter und schüttelte sie.

Der Schlitten ruckte endlich an, und der Schnee knirschte unter den Kufen. Nastja drehte sich um und sah neben dem Tor die immer kleiner werdende Gestalt der Mutter und mitten auf der Straße Jascha. Die Komsomolzen boxten sich übermütig und warfen mit Schneebällen. Neben dem Feuerwehrschuppen auf einem umgekippten Schlitten erkannte sie die dunkle Gestalt des Wächters im Schafpelz. Er winkte dem vorbeifahrenden Schlitten mit der Pelzmütze zu und stülpte sie dann wieder mit beiden Händen auf seinen Kopf.

Nun zog alles wie in einer flaumigen Schneehülle vorüber. Ringsum war nichts als Steppe und wieder Steppe, die nach jeder Richtung in endlose Fernen zu reichen schien. Eine weiße Dunstschicht hatte sich vor die Sonne gelegt, die erst wenig über dem Horizont emporgestiegen war. Hellblau schimmernd spiegelte der Schnee die Farbe des Himmels wider.

„Wie das duftet", sagte Sina und hielt ihre Pastete an die Nase. „Mit Kohl gefüllt! Die Lukjanows haben schon immer besonders gutschmeckende gebacken!"

„Ich werde an ihn schreiben", dachte Nastja und blickte mit glücklichen Augen vor sich hin. „. . . an ihn schreiben . . . aber, wie? Was?"

Dafür konnte es ja gar keine Worte geben! Es war alles so neu und unbegreiflich, so namenlos schön.

„Hach, Nastja", rief Sina. „Es fällt", und konnte gerade noch das Päckchen auffangen, das von Nastjas Knien herunterrutschen wollte.

„Na! Was macht ihr denn da? Könnt ihr denn nicht stillsitzen?" schrie Wowka und spielte sich wie ein Erwachsener auf. „Ihr werdet so lange machen, bis ich euch in eine Schneewehe kippe. Dann werdet ihr schon Vernunft annehmen!"

Er ruckte schnell an dem einen Zügel, und der Schlitten neigte sich auf die Seite. Sina kreischte.

„Schluß, Wowka", sagte Nastja streng, aus ihren Gedanken auffahrend. „Mach nicht solchen Unsinn!"

„Wenn heute nicht gerade ein schulfreier Tag gewesen wäre, hätte euch niemand fahren können! Dann hättet ihr zu Fuß gehen müssen. Wär euch ganz recht geschehen!"

„Möchtest du die Pastete haben? Hier", sagte Nastja. Sie steckte dem Jungen die Pastete in die Tasche seines dikken Pelzes, und Sina sah mißbilligend zu. Ihre Pastete hatte sie behutsam zu dem Zeug in ihrer vollgestopften Reisetasche gelegt. Nun betrachtete sie mit sachverständigen Blicken die kahlen Stämme der vorüberziehenden Waldstreifen und meinte zu Nastja:

„Gestern abend kam Pjotr Wassiljewitsch ins Büro, mit dem neuen Chefagronomen, immer vergesse ich seinen Namen..."

„Lawrenti Sorewoi", half Wowka vorwurfsvoll aus und ruckte an den Zügeln.

„Ja, ich war bei Kusma Awdeitsch, weil ich eine Auskunft über den Lehrgang haben wollte. Da hörte ich, wie sie davon sprachen, daß man das Wachstum der Waldstreifen beschleunigen könne. Die wertvollste Art sei die Eiche, und die müßten wir schnell großziehen. Um ihr zu schnellerem Wachstum zu verhelfen, setzt man ganz in ihre Nähe Büsche und dann erst, weiter entfernt, Ahorn oder Linden, und noch weiter weg die rascher wachsenden

Bäume wie Eschen, Birken oder weiße Akazien. Da wächst alles schnell empor und spornt dadurch die Eiche zu schnellerem Wachsen an. Sie liebt ja doch die Sonne."
„Die Eiche hüllt sich in einen Pelz, aber den Kopf will sie frei haben. Sie will ihn der Sonne entgegenhalten", fügte Wowka hinzu und ließ die Peitsche durch die Luft sausen.
„Ganz recht", bestätigte Sina und bückte sich schnell unter der Peitschenschnur, weil sie ihrem Kopf bedenklich nahekam. „Sie wird sich also deshalb rascher emporrecken, und ihre Kronen werden sich auch eher zusammenschließen. Nach etwa zehn Jahren wird sie die Esche eingeholt haben; die Birke und die weiße Akazie können ihr ohnehin nichts anhaben. Hörst du überhaupt zu, Nastja?"
„Ja, ja — ich höre", entgegnete Nastja.
„Pjotr Wassiljewitsch meint, nur der amerikanische Ahorn könnte sie ersticken", fuhr Sina fort.
Wowka stellte das Peitschenschwingen ein, schob ein Ohr aus dem Pelzkragen und hörte zu.
„Wenn man den Ahorn oder die Esche dicht neben die Eiche setzen würde, wäre das genau so, als wenn man Hühner der Obhut eines Fuchses anvertrauen wollte", mischte er sich in das Gespräch.
Sina gab Nastja einen leichten Rippenstoß und deutete mit dem Kopf auf Wowka.
„Und die Nestpflanzungen nach der Methode von Lyssenko! Oder habt ihr die vergessen? Euch kann man ja erzählen, was man will, ihr vergeßt doch alles wieder!" erklärte Wowka mit unsäglicher Verachtung.
„Jetzt habe ich es aber satt. Schweig!" schimpfte Sina

schließlich. „Um über die Nestpflanzungen etwas zu erfahren, darum sind wir ja gerade unterwegs! Von dir würden wir freilich nicht viel lernen!“

Eine Weile fuhren sie schweigend weiter. Endlos zogen Felder vorüber — alles Ländereien des Kolchos „Der helle Weg“. Bald tauchte der Schlitten schwankend in den Pulverschnee ein, bald knirschten seine Kufen über die glattgefrorene Straße. Nastjas Augen nahmen Abschied von den kleinen Bäumen, die aus den Schneewehen hervorsahen. Ein seltsames Gefühl ließ sie zu gleicher Zeit froh und ein klein wenig traurig sein. Es war, als ob ihr etwas unsagbar Großes bevorstünde, und dieses Gefühl wollte nicht von ihr weichen. Woher kam das nur? Was war es?

„Dort sind eure Schutzschilder!“ Wowka zeigte mit der Peitsche zur Seite. „Ganz mit Schnee zugedeckt!“

„Stimmt, sieh doch bloß!“ Nastja reckte sich beunruhigt auf. „Sie müssen unbedingt nach dort versetzt werden, wo kein Schnee ist, hier langt es!“

„Wir werden es Katerina schreiben“, meinte Sina.

Plötzlich drehte Wowka seinen Rücken den Pferden zu, schlug seinen Kragen herunter und sagte zu Nastja:

„Gestatten Sie, daß ich Ihnen einen herzlichen Gruß ausrichte!“

„Was?“ Mißtrauisch verzog Nastja ihr Gesicht, weil sie wieder irgendeinen Ulk vermutete.

„Nicht was, sondern wie bitte“, korrigierte Wowka hochnäsig. „Was — was — was, die Lehrerin will nicht, daß wir so reden! Der Gruß kommt von der Krasnower MTS“, erklärte er dann und zog seine Mitteilung absichtlich in die Länge.

„Fahr zu, du Nichtsnutz“, wies ihn Sina zurecht. „Hör doch nicht auf ihn, Nastja!“
„Mein Ehrenwort als Pionier“, rief da Wowka aus. „Als ich in den Stall ging, um einzuspannen, kam ein SIS-Wagen aus Krasnowka vorbei. Aus der Fahrerkabine steckte jemand seinen Kopf heraus, schwarz wie Kohle und mit solchen Augen.“ Wowka schloß seine Finger zu Augenringen. „Er rief mir zu: ‚Bestell der Gruppenleiterin der Waldanbaugruppe einen herzlichen Gruß von mir. Sie ist viel zu streng. Sag ihr, der Agronom aus Krasnowka sei zum Aufforstlehrgang gefahren!‘ “
„Oh“, meinte Nastja überrascht, „das ist ja der bewußte!“
„Siehst du ... Und damals hast du dir das Herz so schwer gemacht!“ setzte Sina teilnahmsvoll hinzu.
„Ach, wenn du wüßtest! Kannst du das nicht begreifen? Er ist ja ...“
Nastja konnte den Satz nicht mehr beenden. Das Seitenpferd war vom Weg abgekommen, strampelte im lokkeren Schnee, zog schließlich das ganze Gespann zu sich herüber, der Schlitten kippte um, und die Mädchen lagen in einer Schneewehe!
„Hab doch gleich gewußt, daß er uns umwirft!“ sagte Sina, als beide aufstanden und den Schnee abschüttelten. Leuchtendweiß erstreckte sich die Steppe nach allen Richtungen. Weiß schimmerte jetzt auch der Himmel über ihnen, und ein eiskalter Wind wehte von Norden herüber.
In der Ferne kräuselte sich der dunkle Rauch einer Lokomotive.

Als sie die glattgefahrene Straße erreichten, zog Wowka die Pastete aus der Tasche und begann zu essen.
„Wollen wir nicht etwas singen, Sina?“ fragte Nastja plötzlich.
„Gern, aber was?“
„Na, dieses ... den Anfang hab ich vergessen. Wie geht es doch nur? ‚Die Gärten blühn, die Wälder rauschen ...‘“
Und die beiden Freundinnen sangen.
Sie sangen von der Jugend, den Wäldern, den rauschenden grünen Baumkronen. Sie sangen davon, daß das große Leben, das Glück noch vor ihnen lag.
Der Schlitten schwankte über die verwehte Straße. Unter den Kufen knirschte der Schnee, und das Lied hallte weit über die Steppe.
Wowka hatte seine Pastete endlich aufgegessen. Er schleuderte das zusammengeknüllte Papier in den Schnee und fiel mit seiner hellen Jungenstimme in den Gesang der Mädchen ein.

Historisches Neuland für eine Agroforstwirtschaft

von Gerd Zitzner, Diplom-Agraringenieur aus Essen

Der Roman „Wald in der Steppe“ ist hochaktuell. Er schildert, wie damals die Menschen Steppenlandschaften in Agrargebiete umgewandelt und diese durch angelegte Waldstreifen geschützt haben. Mit diesem Projekt sollte weiträumig Einfluss auf die klimatischen Bedingungen genommen, ein sich selbst tragendes Ökosystem aufgebaut, Ernteerträge für Millionen Menschen gesichert und für diese Naherholungsgebiete geschaffen werden.

Heute stoßen Agrar- und Forstwissenschaftler auf dieselben Fragen. Der erste Weltagrarbericht 2008 mit dem Titel „Landwirtschaft an einem Kreuzweg“ weist agrarökologischen Konzepten bei der Gestaltung nachhaltiger Landwirtschaft eine zentrale Rolle zu. Dazu gehören auch agroforstwirtschaftliche Systeme. Wenn weiter auf die kapitalistische Industrialisierung und Monopolisierung der Landwirtschaft gesetzt wird, schreitet der Raubbau an den landwirtschaftlich nutzbaren Böden unvermindert voran. Etwa ein Drittel der globalen Ackerflächen sind bereits geschädigt und davon heute 1,5 Milliarden Menschen betroffen.

Kritische Wissenschaftler fordern in den Tropen und Subtropen eine agrarforstwirtschaftliche Nutzung. Deren Kern ist die Integration von Bäumen in die Farmsysteme. Der von der Weltbank herausgegebene Weltentwicklungsbericht

2008 berichtet von einem Beispiel in Niger: *„So wurden integrierte agrarforstwirtschaftliche Grünlandgebiete (Kulturpflanzen-Brennholz-Nutztier-Systeme) entwickelt, auf denen Gao-Bäume (Faidherbia albida), Baobabs und andere Bäume und Büsche wuchsen. Die Dorfbewohner berichten über eine verbesserte Bodenfruchtbarkeit und bessere Existenzgrundlagen trotz der schwachen gesamtwirtschaftlichen Situation des Landes. Dank des Futters aus den Blättern des Gao-Baumes ist die Zahl der Ziegen und Schafe gestiegen.“* (S. 229)

Untersuchungen, die Christian Dupraz, Forschungsdirektor am Französischen Institut für landwirtschaftliche Forschung (INRA), durchführte, beweisen, dass die Agroforstwirtschaft nicht nur in tropischen Regionen, sondern auch in den gemäßigten Klimazonen ihren Platz hätte. Breit angelegte Agroforstsysteme könnten der weltweit drohenden Klimakatastrophe entgegenwirken. Baumpflanzungen binden Kohlendioxid in Wurzelsystemen und Biomasse und tragen damit bei, die Treibhausgaskonzentration in der Atmosphäre einzudämmen.

Die heute mediengerecht verbreitete Werbung für Wiederaufforstungsprogramme sind in der Regel als Greenwashing betriebene Aufforstungen. Dabei kann es sich zum Beispiel um „Kurzumtriebsplantagen“, anders gesagt Schnellwuchsplantagen, Energiewälder oder Eukalyptuswälder handeln. Letztere sind besonders schädlich. Sie entziehen dem Boden das ganze Wasser und rauben seine Fruchtbarkeit.

Im Gegensatz dazu war das Projekt in Russland zukunftsweisend bis in unsere Zeit, so wie es der Forstmeister im Roman, Pjotr Wassiljewitsch, erklärte: *„Man darf Feld und Wald nicht voneinander trennen! Sie gehören zusammen; denn der Wald wird der Beschützer des Feldes sein!“*

Im Roman handelt es sich bei den Schutzstreifen nicht um einfache „Heckenstreifen" oder schnell wachsende Monokulturen, sondern um Waldstreifen, die ein ganzes Ökosystem mit vielfältigen Bäumen, Sträuchern und Kräutern darstellten.

Die umweltpolitische Pioniertat war das Ergebnis einer gewaltigen Initiative der Jugendlichen, Bauern und Arbeiter der MTS. Diese Pioniergefühle spiegelt auch der Roman an vielen Stellen wider, die die Sehnsucht der Menschen nach ökologischem Gleichgewicht, nach Einheit von Mensch und Natur ausdrücken:

„Die Kronen haben sich zusammengeschlossen!" flüsterte Nastja beglückt und musste dieses üppige grüne Dickicht immer wieder betrachten. Wie sehr hatte sie doch gehofft, diesen wunderbaren Augenblick eines Tages wirklich zu erleben! (...) Der Schutzwaldstreifen begann sein eigenes Leben. Das ‚Waldleben' hatte seine Herrschaft angetreten."

Ein bemerkenswerter Reisebericht aus Russland im Jahr 1953

Der westdeutsche kritische Publizist Paul Distelbarth bereiste im Jahr 1953 die damals noch sozialistische Sowjetunion und berichtete unter anderem von *„enormen Arbeiten zur Veränderung der Natur“* in den riesigen Weiten des Landes, wie sie damals einzigartig in der Welt waren.

Die Bevölkerung in Russland litt seit Jahrhunderten unter der Tatsache, dass tiefe Fröste im Winter und glutheiße Wüstenwinde im Sommer oft innerhalb von wenigen Tagen die gesamte Vegetation eines Gebietes vernichtet und große Hungersnöte verursacht haben.

Die angelegten Schutzwälder hatten die Funktion, *„die heißen Winde aufzuhalten und zum Erliegen zu bringen. Dazu werden drei Wege beschritten: die Anpflanzung von Waldschutzstreifen, die Kultur ausdauernder Gräser in den bedrohten Gebieten und die Schaffung großer Wasserflächen. … Ein System von acht großen staatlichen Schutzwaldstreifen längs der Flüsse Wolga, Don, Ural, Donez, und längs der Wasserscheiden umfaßt eine Länge von über 5 000 km. Der längste Gürtel wird der an den Ufern des Ural sein, wo sechs Streifen von je 60 m Breite mit Zwischenräumen von 100 bis 120 m auf einer Länge von über 1 000 km angepflanzt werden. Da der Boden überall sehr fruchtbar ist, werden Eichen bevorzugt, doch kommen je nach Klima, Bodenart, Feuchtigkeit auch andere Sorten zur Verwendung: Pappeln, Birken, weiße und gelbe Akazien, selbst Obstbäume, wie der* *wilde sibirische Apfelbaum, der als Zierbaum vor dem Bolschoj Teatr steht. … Mit der probeweisen Anlage von Waldschutzstreifen hat man schon in den zwanziger Jahren auf einer Fläche von 3 000 ha begonnen; wir sahen selbst solche Streifen, die ein Alter von 20 bis 30 Jahre haben mochten. …"*

Mit der Schaffung der Waldstreifen gingen auch riesige Bewässerungsprojekte der Trockengebiete einher. Um das nötige Wasser zu heben, wurde auf elektrische Kraft gesetzt, um dann das Wasser mit natürlichem Gefälle in Bewässerungskanäle zu leiten. *„Der Strom wird in großen Kraftwerken erzeugt, die am untern Ende riesiger Talsperren liegen. … Die großen Wasserflächen dienen zugleich dem Klimaausgleich: sie geben Wasser an die Luft ab, das als Regen in der Umgebung fällt, und speichern Wärme, die die Winterkälte mindert. Außerdem sollen sie in großem Maßstab der Fischzucht dienstbar gemacht werden."*

Distelbarth, der nach eigener Aussage kein Anhänger des Kommunismus war, sondern seinem christlichen Leitbild folgte, würdigte die historische Leistung der damals sozialistischen Sowjetunion: *„Wenn man selbst in der Sowjet-Union gewesen ist und begriffen hat, daß es sich bei diesen Unternehmungen nicht um Hirngespinste, sondern um Wirklichkeiten handelt, so wird man nachdenklich. Man kann es nur bedauern, daß bei uns diese Dinge mit einer gewissen saloppen Überheblichkeit behandelt werden, daß man gönnerhaft, geringschätzig davon spricht; so als hätte man es nicht nötig, so etwas ernst zu nehmen."*

Verlag Neuer Weg

(alle Zitate aus dem Buch „Rußland heute" von Paul Distelbarth, erschienen 1954 im Rowohlt Verlag, Hamburg)

Jean Ziegler

Das Gold von Maniema

Das Buch ist der einzige Roman von Jean Ziegler, einem leidenschaftlichen Kritiker kapitalistischer Ausbeutung und Unterdrückung. Er lebt in Genf und ist seit 2008 Mitglied und Vizepräsident des Beratenden Ausschusses des UNO-Menschenrechtsrats. „Das Gold von Maniema“ gibt einen mitreißenden Einblick in den Befreiungskampf der Völker Afrikas vom Kolonialismus.

253 Seiten
ISBN 978-3-88021-378-4

Clariste Soh Moube

Die Falle – heute bin ich stolze Afrikanerin

Der authentische Bericht von einer jungen Frau, die den Traum hatte, in Europa ein besseres Leben zu finden. Sie erlebt das Schicksal von Hunderttausenden Flüchtlingen. Nach bitteren Erfahrungen ist sie in ihrer Heimat Afrikas geblieben und kämpft dort heute engagiert für die Befreiung der Frau und ein Leben der Völker Afrikas in Menschenwürde.

160 Seiten
ISBN 978-3-88021-397-5

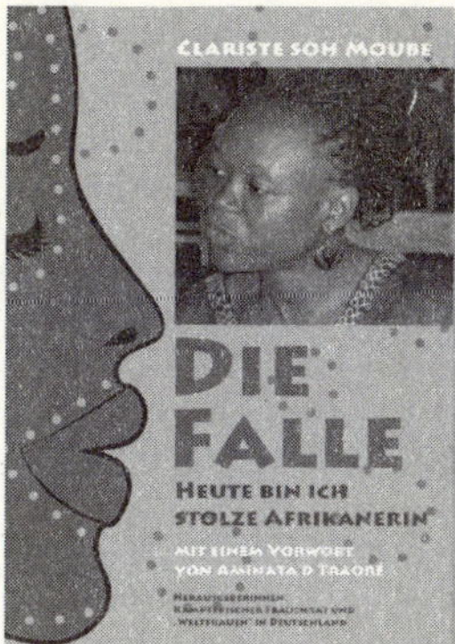
